U0579343

GROWTH
成长必读
READING

许地山散文精选

许地山 著

落花生

四川文艺出版社

图书在版编目（CIP）数据

落花生：许地山散文精选 / 许地山著. — 2版. — 成都：四川文艺出版社, 2021.3

ISBN 978-7-5411-5940-4

Ⅰ.①落… Ⅱ.①许… Ⅲ.①散文集－中国－现代Ⅳ.①I266

中国版本图书馆CIP数据核字（2021）第010429号

LUO HUA SHENG : XU DI SHAN SAN WEN JING XUAN

落花生：许地山散文精选

许地山 著

出 品 人	张庆宁
责任编辑	邓 敏
封面设计	叶 茂
内文设计	史小燕
责任校对	汪 平
责任印制	桑 蓉

出版发行　四川文艺出版社（成都市槐树街2号）
网　　址　www.scwys.com
电　　话　028-86259287（发行部）　　028-86259303（编辑部）
传　　真　028-86259306

邮购地址　成都市槐树街2号四川文艺出版社邮购部　610031
排　　版　四川胜翔数码印务设计有限公司
印　　刷　四川机投印务有限公司
成品尺寸　145mm×210mm　　　　开　　本　32开
印　　张　6.5　　　　　　　　　字　　数　140千
版　　次　2021年3月第二版　　　印　　次　2021年3月第一次印刷
书　　号　ISBN 978-7-5411-5940-4
定　　价　22.00元

CONTENTS
目录

爱的刑罚

落花生

老鸦咀

爱的刑罚

笑

我从远地冒着雨回来。因为我妻子心爱的一样东西让我找着了；我得带回来给她。

一进门，小丫头为我收下雨具，老妈子也借故出去了。我对妻子说："相离好几天，你闷得慌吗？……呀，香得很！这是从哪里来的？"

"窗棂下不是有一盆素兰吗？"

我回头看，几箭兰花在一个汝窑钵上开着。

我说："这盆花多会移进来的？这么大雨天，还能开得那么好，真是难得啊！……可是我总不信那些花有如此的香气。"

我们并肩坐在一张紫檀榻上，我还往下问："良人，到底是兰花的香，是你的香？"

"到底是兰花的香，是你的香？让我闻一闻。"她说时，亲了我一下。小丫头看见了，掩着嘴笑，翻身揭开帘子，要往外走。

"玉耀，玉耀，回来！"小丫头不敢不回来，但，仍然抿着嘴笑。

“你笑什么？”

“我没有笑什么。”

我为她们排解说：“你明知道她笑什么，又何必问她呢，饶了她罢。”

妻子对小丫头说：“不许到外头瞎说。去罢，到园里给我摘些瑞香来。”

小丫头抿着嘴出去了。

香

妻子说："良人，你不是爱闻香么？我曾托人到鹿港去买上好的沉香线；现在已经寄到了。"她说着，便抽出妆台的抽屉，取了一条沉香线，燃着，再插在小宣炉中。

我说："在香烟绕缭之中，得有清谈。给我说一个生番故事罢。不然，就给我谈佛。"

妻子说："生番故事，太野了。佛更不必说，我也不会说。"

"你就随便说些你所知道的罢，横竖我们都不大懂得；你且说，什么是佛法罢。"

"佛法么？——色，——声，——香，——味，——触，——造作，——思维，都是佛法；唯有爱闻香的爱不是佛法。"

"你又矛盾了！这是什么因明？"

"不明白么？因为你一爱，便成为你的嗜好；那香在你闻觉中，便不是本然的香了。"

愿

　　南普陀寺里的大石，雨后稍微觉得干净，不过绿苔多长一些。天涯的淡霞好像给我们一个天晴的信。树林里的虹气，被阳光分成七色。树上，雄虫求雌的声，凄凉得使人不忍听下去。妻子坐在石上，见我来，就问："你从哪里来？我等你许久了。"

　　"我领着孩子们到海边捡贝壳咧。阿琼捡着一个破具，虽不完全，里面却像藏着珠子的样子。等他来到，我教他拿出来给你看一看。"

　　"在这树荫底下坐着，真舒服呀！我们天天到这里来，多么好呢！"

　　妻说："你哪里能够……？"

　　"为什么不能？"

　　"你应当作荫，不应当受荫。"

　　"你愿我作这样的荫么？"

　　"这样的荫算什么！我愿你作无边宝华盖，能普荫一切世间诸有情。愿你为如意净明珠，能普照一切世间诸有情。愿你为降魔金刚杵，能破坏一切世间诸障碍。愿你为多宝盂兰盆，能盛百味，滋养一切世间诸饥渴者。愿你有六手，十二手，百手，千万手，无量数那由他如意手，能成全一切世间等等美善事。"

我说："极善，极妙！但我愿作调味的精盐，渗入等等食品中，把自己的形骸融散，且回复当时在海里的面目，使一切有情得尝咸味，而不见盐体。"

妻子说："只有调味，就能使一切有情都满足吗？"

我说："盐的功用，若只在调味，那就不配称为盐了。"

爱的痛苦

　　在绿荫月影底下，朗日和风之中，或急雨飘雪的时候，牛先生必要说他的真言，"啊，拉夫斯偏（love's pain的音译，即'爱的痛苦'。——编者注）！"他在三百六十日中，少有不说这话的时候。

　　暮雨要来，带着愁容的云片，急急飞避；不识不知的蜻蜓还在庭园间遨游着。爱诵真言的牛先生闷坐在屋里，从西窗望见隔院的女友田和正抱着小弟弟玩。

　　姊姊把孩子的手臂咬得吃紧；擘他的两颊；摇他的身体；又掌他的小腿。孩子急得哭了。姊姊才忙忙地拥抱住他，推着笑说："乖乖，乖乖，好孩子，好弟弟，不要哭。我疼爱你，我疼爱你！不要哭。"不一会儿孩子的哭声果然停了。可是弟弟刚现出笑容，姊姊又该咬他、擘他、摇他、掌他咧。

　　檐前的雨好像珠帘，把牛先生眼中的对象隔住。但方才那种印象，却萦回在他眼中。他把窗户关上，自己一人在屋里蹀来蹀去。最后，他点点头，笑了一声，"哈，哈！这也是拉夫斯偏！"

他走近书桌子，坐下，提起笔来，像要写什么似的。想了半天，才写上一句七言诗。他念了几遍，就摇头，自己说："不好，不好。我不会做诗，还是随便记些起来好。"

牛先生将那句诗涂掉以后，就把他的日记拿出来写。那天他要记的事情格外多。日记里应用的空格，他在午饭后，早已填满了。他裁了一张纸，写着：

黄昏，大雨。田在西院弄她的弟弟，动起我一个感想，就是：人都喜欢见他们所爱者的愁苦；要想方法教所爱者难受。所爱者越难受，爱者越喜欢，越加爱。

一切被爱的男子，在他们的女人当中，直如小弟弟在田的膝上一样。他们也是被爱者玩弄的。

女人的爱最难给，最容易收回去。当她把爱收回去的时候，未必不是一种游戏的冲动；可是苦了别人哪。

唉，爱玩弄人的女人，你何苦来这一下！愚男子，你的苦恼，又活该呢！

牛先生写完，复看一遍，又把后面那几句涂去，说："写得太过了，太过了！"他把那张纸付贴在日记上，正要起身，老妈子把哭着的孩子抱出来，一面说："姊姊不好，爱欺负人。不要哭，咱们找牛先生去。"

"姊姊打我！"这是孩子所能对牛先生说的话。

牛先生装作可怜的声音，忧郁的容貌，回答说："是么？

姊姊打你么？来，我看看打到哪步田地？"

　　孩子受他的抚慰，也就忘了痛苦，安静过来了。现在吵闹的，只剩下外间急雨的声音。

你为什么不来

在夭桃开透、浓荫欲成的时候，谁不想伴着他心爱的人出去游逛游逛呢？在密云不飞、急雨如注的时候，谁不愿在深闺中等她心爱的人前来细谈呢？

她闷坐在一张睡椅上，紊乱的心思像窗外的雨点——东抛，西织，来回无定。在有意无意之间，又顺手拿起一把九连环慵懒懒地解着。

丫头进来说："小姐，茶点都预备好了。"

她手里还是慵懒懒地解着，口里却发出似答非答的声音："……他为什么还不来？"

除窗外的雨声，和她手中轻微的银环声以外，屋里可算静极了！在这幽静的屋里，忽然从窗外伴着雨声送来几句优美的歌曲：

你放声哭，
因为我把林中善鸣的鸟笼住么？
你飞不动，

因为我把空中的雁射杀么？

你不敢进我的门，

因为我家养狗提防客人么？

因为我家养猫捕鼠，

你就不来么？

因为我的灯火没有笼罩，

烧死许多美丽的昆虫

你就不来么？

你不肯来，

因为我有？……

　　有什么呢？她听到末了这句，那紊乱的心就发出这样的
问。她心中接着想：因为我约你，所以你不肯来；还是因为大
雨，使你不能来呢？

难解决的问题

我叫同伴到钓鱼矶去赏荷，他们都不愿意去，剩我自己走着。我走到清佳堂附近，就坐在山前一块石头上歇息。在瞻顾之间，小山后面一阵唧咕的声音夹着蝉声送到我耳边。

谁愿意在优游的天日中故意要找出人家的秘密呢？然而宇宙间的秘密都从无意中得来。所以在那时候，我不离开那里，也不把两耳掩住，任凭那些声浪在耳边荡来荡去。

劈头一声，我便听得："这实是一个难解决的问题。……"

既说是难解决，自然要把怎样难的理由说出来。这理由无论是局内、局外人都爱听的。以前的话能否钻入我耳里，且不用说，单是这一句，使我不能不注意。

山后的人接下去说："在这三位中，你说要哪一位才合适？……梅说要等我十年；白说要等到我和别人结婚那一天；区说非嫁我不可，——她要终身等我。"

"那么，你就要区罢。"

"但是梅的景况，我很了解。她的苦衷，我应当原谅。她能为了我牺牲十年的光阴，从她的境遇看来，无论如何，是很可敬的。设使梅居区的地位，她也能说，要终身等我。"

"那么，梅、区都不要，要白如何？"

"白么？也不过是她的环境使她这样达观。设使她处着梅的景况，她也只能等我十年。"

会话到这里就停了。我的注意只能移到池上，静观那被轻风摇摆的芰荷。呀，叶底那对小鸳鸯正在那里歇午哪！不晓得它们从前也曾解决过方才的问题没有？不上一分钟，后面的声音又来了。

"那么，三个都要如何？"

"笑话，就是没有理性的兽类也不这样办。"

又停了许久。

"不经过那些无用的礼节，各人快活地同过这一辈子不成吗？"

"唔……唔……唔……这是后来的话，且不必提，我们先解决目前的困难罢。我实不肯故意辜负了三位中的一位。我想用拈阄的方法瞎挑一个就得了。"

"这不更是笑话么？人间哪有这么新奇的事！她们三人中谁愿意遵你的命令，这样办呢？"

他们大笑起来。

"我们私下先拈一拈，如何？你权当作白，我自己权当作梅，剩下是区的份。"

他们由严重的密语化为滑稽的谈笑了。我怕他们要闹下坡来，不敢逗留在那里，只得先走。钓鱼矶也没去成。

爱就是刑罚

"这什么时候了，还埋头在案上写什么？快同我到海边去走走罢。"

丈夫尽管写着，没站起来，也没抬头对他妻子行个"注目笑"的礼。妻子跑到身边，要抢掉他手里的笔，他才说："对不起，你自己去罢。船，明天一早就要开，今晚上我得把这几封信赶出来；十点钟还要送到船里的邮箱去。"

"我要人伴着我到海边去。"

"请七姨子陪你去。"

"七妹子说我嫁了，应当和你同行；她和别的同学先去了。我要你同我去。"

"我实在对不起你，今晚不能随你出去。"他们争执了许久，结果还是妻子独自出去。

丈夫低着头忙他的事体，足有四点钟工夫。那时已经十一点了，他没有进去看看那新婚的妻子回来了没有，披起大衣大踏步地出门去。

他回来，还到书房里检点一切，才进入卧房。妻子已先睡了。他们的约法：睡迟的人得亲过先睡者的嘴才许上床。所以这位少年走到床前，依法亲了妻子一下。妻子急用手在唇边来回擦了几下。那意思是表明她不受这个接吻。

丈夫不敢上床，呆呆地站在一边。一会儿，他走到窗前，两手支着下颔，点点的泪滴在窗棂上。他说，"我从来没受过这样刑罚！……你的爱，到底在哪里？"

"你说爱我，方才为什么又刑罚我，使我孤零？"妻子说完，随即起来，安慰他说，"好人，不要当真，我和你闹玩哪。爱就是刑罚，我们能免掉么？"

债

　　他一向就住在妻子家里，因为他除妻子以外，没有别的亲戚。妻家的人爱他的聪明，也怜他的伶仃，所以万事都尊重他。

　　他的妻子早已去世，膝下又没有子女。他的生活就是念书、写字，有时还弹弹七弦。他决不是一个书呆子，因为他常要在书内求理解，不像书呆子只求多念。

　　妻子的家里有很大的花园供他游玩；有许多奴仆听他使令。但他从没有特意到园里游玩；也没有呼唤过一个仆人。

　　在一个阴郁的天气里，人无论在什么地方都不舒服的。岳母叫他到屋里闲谈，不晓得为什么缘故就劝起他来。岳母说："我觉得自从俪儿去世以后，你就比前格外客气。我劝你毋须如此，因为外人不知道都要怪我。看你穿成这样，还不如家里的仆人，若有生人来到，叫我怎样过得去？倘或有人欺负你，说你这长那短，尽可以告诉我，我责罚他给你看。"

　　"我哪里懂得客气？不过我只觉得我欠的债太多，不好意思多要什么。"

　　"什么债？有人问你算账么？唉，你太过见外了！我看你和自己的子侄一样，你短了什么，尽管问管家的要去；若有人敢说闲话，我定不饶他。"

"我所欠的是一切的债。我看见许多贫乏人、愁苦人，就如该了他们无量数的债一般。我有好的衣食，总想先偿还他们。世间若有一个人吃不饱足，穿不暖和，住不舒服，我也不敢公然独享这具足的生活。"

"你说得太玄了！"她说过这话，停了半晌才接着点头说，"很好，这才是读书人'先天下之忧而忧'的精神。……然而你要什么时候才还得清呢？你有清还的计划没有？"

"唔……唔……"他心里从来没有想到这个，所以不能回答。

"好孩子，这样的债，自来就没有人能还得清，你何必自寻苦恼？我想，你还是做一个小小的债主罢。说到具足生活，也是没有涯岸的：我们今日所谓具足，焉知不是明日的缺陷？你多念一点书就知道生命即是缺陷的苗圃，是烦恼的秧田；若要补修缺陷，拔除烦恼，除弃绝生命外，没有别条道路。然而，我们哪能办得到？个个人都那么怕死！你不要作这种非非想，还是顺着境遇做人去罢。"

"时间——计划——做人——"这几个字从岳母口里发出，他的耳鼓就如受了极猛烈的椎击。他想来想去，已想昏了。他为解决这事，好几天没有出来。

那天早晨，女佣端粥到他房里，没见他，心中非常疑惑。因为早晨，他没有什么地方可去：海边呢？他是不轻易到的。花园呢？他更不愿意在早晨去。因为丫头们都在那个时候到园里争摘好花去献给她们几位姑娘。他最怕见的是人家毁坏现成的东西。

女佣四围一望，蓦地看见一封信被留针刺在门上。她忙取下来，给别人一看，原来是给老夫人的。

她把信拆开，递给老夫人。上面写着：

亲爱的岳母：

你问我的话，教我实在想不出好回答。而且，因你这一问，使我越发觉得我所负的债更重。我想做人若不能还债，就得避债，决不能教债主把他揪住，使他受苦。若论还债，依我的力量、才能，是不济事的。我得出去找几个帮忙的人。如果不能找着，再想法子。现在我去了，多谢你栽培我这么些年。我的前途，望你记念；我的往事，愿你忘却。我也要时时祝你平安。

婿容融留字

老夫人念完这信，就非常愁闷。以后，每想起她的女婿，便好几天不高兴。但不高兴尽管不高兴，女婿至终没有回来。

花香雾气中的梦

在覆茅涂泥的山居里，那阻不住的花香和雾气从疏帘窜进来，直扑到一对梦人身上。妻子把丈夫摇醒，说："快起罢，我们的被褥快湿透了。怪不得我总觉得冷，原来太阳被囚在浓雾的监狱里不能出来。"

那梦中的男子，心里自有他的温暖，身外的冷与不冷他毫不介意。他没有睁开眼睛便说："哎呀，好香！许是你桌上的素馨露洒了罢？"

"哪里？你还在梦中哪。你且睁眼看帘外的光景。"

他果然揉了眼睛，拥着被坐起来，对妻子说："怪不得我净梦见一群女子在微雨中游戏。若是你不叫醒我，我还要往下梦哪。"

妻子也拥着她的绒被坐起来说："我也有梦。"

"快说给我听。"

"我梦见把你丢了。我自己一人在这山中遍处找寻你，怎么也找不着。我越过山后，只见一个美丽的女郎挽着一篮珠子向各树的花叶上头乱撒。我上前去向她问你的下落，她笑着问我：

'他是谁，找他干什么？'我当然回答，他是我的丈夫……"

"原来你在梦中也记得他！"他笑着说这话，那双眼睛还显出很滑稽的样子。

妻子不喜欢了。她转过脸背着丈夫说："你说什么话！你老是要挑剔人家的话语，我不往下说了。"她推开绒被，随即呼唤丫头预备脸水。

丈夫速把她揪住，央求说："好人，我再不敢了。你往下说罢。以后若再饶舌，情愿挨罚。"

"谁稀罕罚你？"妻子把这次的和平画押了。她往下说："那女人对我说，你在山前柚花林里藏着。我那时又像把你忘了……"

"哦，你又……不，我应许过不再说什么的；不然，我就要挨罚了。你到底找着我没有？"

"我没有向前走，只站在一边看她撒珠子。说来也很奇怪：那些珠子粘在各花叶上都变成五彩的零露，连我的身体也沾满了。我忍不住，就问那女郎。女郎说：'东西还是一样，没有变化，因为你的心思前后不同，所以觉得变了。你认为珠子，是在我撒手之前，因为你想我这篮子决不能盛得露水。你认为露珠时，在我撒手之后，因为你想那些花叶不能留住珠子。我告诉你：你所认的不在东西，乃在使用东西的人和时间；你所爱的，不在体质，乃在体质所表的情。你怎样爱月呢？是爱那悬在空中已经老死的暗球么？你怎样爱雪呢？是爱它那种砭人肌骨的凛冽么？'"

“她一说到雪，我打了一个寒噤，便醒起来了。”

丈夫说：“到底没有找着我。”

妻子一把抓住他的头发，笑说：“这不是找着了吗？……我说，这梦怎样？”

“凡你所梦都是好的。那女郎的话也是不错。我们最愉快的时候岂不是在接吻后，彼此的凝视吗？”他向妻子痴笑，妻子把绒被拿起来，盖在他头上，说：“恶鬼！这会可不让你有第二次的凝视了。”

春的林野

春光在万山环抱里，更是泄漏得迟。那里的桃花还是开着；漫游的薄云从这峰飞过那峰，有时稍停一会儿，为的是挡住太阳，教地面的花草在它的荫下避避光焰的威吓。

岩下的荫处和山溪的旁边满长了薇蕨和其他凤尾草。红、黄、蓝、紫的小草花点缀在绿茵上头。

天中的云雀，林中的金莺，都鼓起它们的舌簧。轻风把它们的声音挤成一片，分送给山中各样有耳无耳的生物。桃花听得入神，禁不住落了几点粉泪，一片一片凝在地上。小草花听得大醉，也和着声音的节拍一会倒，一会起，没有镇定的时候。

林下一班孩子正在那里捡桃花的落瓣哪。他们捡着，清儿忽嚷起来，道："嗄，邕邕来了！"众孩子住了手，都向桃林的尽头盼望。果然邕邕也在那里摘草花。

清儿道："我们今天可要试试阿桐的本领了。若是他能办得到，我们都把花瓣穿成一串璎珞围在他身上，封他为大哥如何？"

众人都答应了。

阿桐走到邕邕面前，道："我们正等着你来呢。"

阿桐的左手盘在邕邕的脖上，一面走一面说："今天他们要替你办嫁妆，教你做我的妻子。你能做我的妻子么？"

邕邕狠视了阿桐一下，回头用手推开他，不许他的手再搭在自己脖上。孩子们都笑得支持不住了。

众孩子嚷道："我们见过邕邕用手推人了！阿桐赢了！"

邕邕从来不会拒绝人，阿桐怎能知道一说那话，就能使她动手呢？是春光的荡漾，把他这种心思泛出来呢？或者，天地之心就是这样呢？

你且看：漫游的薄云还是从这峰飞过那峰。

你且听：云雀和金莺的歌声还布满了空中和林中。在这万山环抱的桃林中，除那班爱闹的孩子以外，万物把春光领略得心眼都迷蒙了。

荼蘼

我常得着男子送给我的东西，总没有当它们做宝贝看。我的朋友师松却不如此，因为她从不曾受过男子的赠与。

自鸣钟敲过四下以后，山上礼拜寺的聚会就完了。男男女女像出圈的羊，争要下到山坡觅食一般。那边有一个男学生跟着我们走，他的正名字我忘记了，我只记得人家都叫他做"宗之"。他手里拿着一枝荼蘼，且行且嗅。荼蘼本不是香花，他嗅着，不过是一种无聊举动便了。

"松姑娘，这枝荼蘼送给你。"他在我们后面嚷着。松姑娘回头看见他满脸堆着笑容递着那花，就速速伸手去接。她接着说："很多谢，很多谢。"宗之只笑着点点头，随即从西边的山径转回家去。

"他给我这个，是什么意思？"

"你想他有什么意思，他就有什么意思。"我这样回答她。走不多远，我们也分途各自家去了。

她自下午到晚上不歇把弄那枝荼蘼。那花像有极大的魔力，不让她撒手一样。她要放下时，每觉得花儿对她说："为什么离夺我？我不是从宗之手里递给你，交你照管的吗？"

呀，宗之的眼、鼻、口、齿、手、足、动作，没有一件不在花心跳跃着，没有一件不在她眼前的花枝显现出来！她心里说："你这美男子，为甚缘故送给我这花儿？"她又想起那天经坛上的讲章，就自己回答说："因为他顾念他使女的卑微，从今而后，万代要称我为有福。"

这是她爱荼蘼花，还是宗之爱她呢？我也说不清，只记得有一天我和宗之正坐在榕树根谈话的时候，他家的人跑来对他说："松姑娘吃了一朵什么花，说是你给她的，现在病了。她家的人要找你去问话咧。"

他吓了一跳，也摸不着头脑，只说："我哪时节给她东西吃？这真是……！"

我说："你细想一想。"他怎么也想不起来。我才提醒他说："你前个月在斜道上不是给了她一朵荼蘼吗？"

"对呀，可不是给了她一朵荼蘼！可是我哪里教她吃了呢？"

"为什么你单给她，不给别人？"我这样问他。

他很直截地说："我并没有什么意思，不过随手摘下，随手送给别人就是了。我平素送了许多东西给人，也没有什么事；怎么一朵小小的荼蘼就可使她着了魔？"

他还坐在那里沉吟，我便促他说："你还能在这里坐着么？不管她是误会，你是有意，你既然给了她，现在就得去看她一看才是。"

"我哪有什么意思？"

我说："你且去看看罢。蚌蛤何尝立志要生珠子呢？也不过是外间的沙粒偶然渗入它的壳里，它就不得不用尽工夫分泌些黏液把那小沙裹起来罢了。你虽无心，可是你的花一到她手里，管保她不因花而爱起你来吗？你敢保她不把那花当作你所赐给爱的标识，就纳入她的怀中，用心里无限的情思把它围绕得非常严密吗？也许她本无心，但因你那美意的沙无意中掉在她爱的贝壳里，使她不得不如此。不用踌躇了，且去看看罢。"

宗之这才站起来，皱一皱他那副冷静的脸庞，跟着来人从林菁的深处走出去了。

银翎的使命

　　黄先生约我到狮子山麓阳湿的地方去找捕蝇草。那时刚过梅雨之期，远地青山还被烟霞蒸着，唯有几朵山花在我们眼前淡定地看那在溪涧里逆行的鱼儿喋着它们的残瓣。

　　我们沿着溪涧走。正在寻找的时候，就看见一朵大白花从上游顺流而下。我说："这时候，哪有偌大的白荷花流着呢？"

　　我的朋友说："你这近视鬼！你准看出那是白荷花么？我看那是……"

　　说时迟，来时快，那白的东西已经流到我们跟前。黄先生急忙把采集网拦住水面；那时，我才看出是一只鸽子。他从网里把那死的飞禽取出来，诧异说："是谁那么不仔细，把人家的传书鸽打死了！"他说时，从鸽翼下取出一封长的小信来，那信已被水浸透了；我们慢慢把它展开，披在一块石上。

　　"我们先看看这是从哪里来的，要寄到哪里去的，然后给他寄去，如何？"我一面说，一面看着。但那上头不特地址没有，甚至上下的款识也没有。

　　黄先生说："我们先看看里头写的是什么，不必讲私德了。"

我笑着说："是，没有名字的信就是公的，所以我们也可以披阅一遍。"

于是我们一同念着：

你教昆儿带银翎、翠翼来，吩咐我，若是它们空着回去，就是我还平安的意思。我恐怕他知道，把这两只小宝贝寄在霞妹那里；谁知道前天她开笼搁饲料的时候，不提防把翠翼放走了！

嗳，爱者，你看翠翼没有带信回去，定然很安心，以为我还平安无事。我也很盼望你常想着我的精神和去年一样。不过现在不能不对你说的，就是过几天人就要把我接去了！我不得不叫你速速来和他计较。你一来，什么事都好办了。因为他怕的是你和他讲理。

嗳，爱者，你见信以后，必得前来，不然，就见我不着；以后只能在累累荒冢中读我的名字了，这不是我不等你，时间不让我等你哟！

我盼望银翎平平安安地带着它的使命回去。

我们念完，黄先生说："这是怎么一回事？"

"谁能猜呢？反正是不幸的事罢了。现在要紧的，就是怎样处置这封信。我想把它贴在树上，也许有知道这事的人经过这里，可以把它带去。"我摇着头，且轻轻地把信揭起。

黄先生说："不如拿到村里去打听一下，或者容易找到一点线索。"

我们商量之下，就另抄一张起来，仍把原信系在鸽翼底下。黄先生用采掘锹子在溪边挖了一个小坑，把鸽子葬在里头，回头为它立了一座小碑，且从水中淘出几块美丽的小石压在墓上。那墓就在山花盛开的地方，我一翻身，就把些花瓣摇下来，也落在这使者的墓上。

美的牢狱

嬬求正在镜台边理她的晨妆，见她的丈夫从远地回来，就把头拢住，问道："我所需要的你都给带回来了没有？"

"对不起！你虽是一个建筑师，或泥水匠，能为你自己建筑一座'美的牢狱'；我却不是一个转运者，不能为你搬运等等材料。"

"你念书不是念得越糊涂，便是越高深了！怎么你的话，我一点也听不懂？"

丈夫含笑说："不懂么？我知道你开口爱美，闭口爱美，多方地要求我给你带等等装饰回来；我想那些东西都围绕在你的体外，合起来，岂不是成为一座监禁你的牢狱吗？"

她静默了许久，也不做声。她的丈夫往下说："妻呀，我想你还不明白我的意思。我想所有美丽的东西，只能让它们散布在各处，我们只能在它们的出处爱它们；若是把它们聚拢起来，搁在一处，或在身上，那就不美了……"

她睁着那双柔媚的眼，摇着头说："你说得不对。你说得不对。若不剖蚌，怎能得着珠玑呢？若不开山，怎能得着金刚、玉石、玛瑙等等宝物呢？而且那些东西，本来不美，必得人把它们琢磨出来，加以装饰，才能显得美丽咧。若说我要装饰，就是建筑一所美的牢狱，且把自己监在里头，且问谁不被监在这种牢狱里头呢？如果世间真有美的牢狱，像你所说，那么，我们不过是造成那牢狱的一沙一石罢了。"

"我的意思就是听其自然，连这一沙一石也无须留存。孔雀何为自己修饰羽毛呢？芰荷何尝把它的花染红了呢？"

"所以说它们没有美感！我告诉你，你自己也早已把你的牢狱建筑好了。"

"胡说！我何曾？"

"你心中不是有许多好的想象，不是要照你的好理想去行事么？你所有的，是不是从古人曾经建筑过的牢狱里捡出其中的残片？或是在自己的世界取出来的材料呢？自然要加上一点人为才能有意思。若是我的形状和荒古时候的人一样，你还爱我吗？我准敢说，你若不好好地住在你的牢狱里头，且不时时把牢狱的墙垣垒得高高的，我也不能爱你。"

刚愎的男子，你何尝佩服女子的话？你不过会说："就是你会说话！等我思想一会儿，再与你决战。"

再　会

　　靠窗棂坐着那位老人家是一位航海者，刚从海外归来的。他和萧老太太是少年时代的朋友，彼此虽别离了那么些年，然而他们会面时，直像忘了当中经过的日子。现在他们正谈起少年时代的旧话。

　　"蔚明哥，你不是二十岁的时候出海的么？"她屈着自己的指头，数了一数，才用那双被阅历染浊了的眼睛看着她的朋友说，"呀，四十五年就像我现在数着指头一样地过去了！"

　　老人家把手将一将胡子，很得意地说："可不是！……记得我到你家辞行那一天，你正在园里饲你那只小鹿；我站在你身边一棵正开着花的枇杷树下，花香和你头上的油香杂窜入我的鼻中。当时，我的别绪也不晓得要从哪里说起，但你只低头抚着小鹿。我想你那时也不能多说什么，你竟然先问一句：'要等到什么时候我们再能相见呢？'我就慢答道：'毋须多少时候。'那时，你……"

　　老太太截着说："那时候的光景我也记得很清楚。当你说这句的时候，我不是说'要等再相见时，除非是黑墨有洗得白的时节'。哈哈! 你去时, 那缕漆黑的头发现在岂不是已被海水洗白了么? "

老人家摸摸自己的头顶, 说: "对啦! 这也算应验哪! 可惜我见不着芳哥, 他过去多少年了? "

"唉, 久了! 你看我已经抱过四个孙儿了。"她说时, 看着窗外几个孩子在瓜棚下玩, 就指着那最高的孩子说, "你看鼎儿已经十二岁了, 他公公就在他弥月后去世的。"

他们谈话时, 丫头端了一盘牡蛎煎饼来。老太太举手嚷着"蔚明哥"说: "我定知道你的嗜好还没有改变, 所以特地为你做这东西。你记得我们少时, 你母亲有一天做这样的饼给我们吃。你拿一块, 吃完了才嫌饼里的牡蛎少, 助料也不如我的多, 闹着要把我的饼抢去。当时, 你母亲说了一句话, 教我常常忆起, 就是'好孩子, 算了罢。助料都是搁在一起渗匀的。做的时候, 谁有工夫把分量细细去分配呢? 这自然是免不了有些多, 有些少的; 只要饼的气味好就够了。你所吃的原不定就是为你做的, 可是你已经吃过, 就不能再要了'。蔚明哥, 你说末了这话多么感动我呢! 拿这个来比我们的境遇罢: 境遇虽然一个一个排列在面前, 容我们有机会选择, 有人选得好, 有人选得歹, 可是选定以后, 就不能再选了。"

老人家拿起饼来吃, 慢慢地说: "对啦! 你看我这一生净在海面生活, 生活极其简单, 不像你这么繁复, 然而我还是像当时吃那饼一样——也就饱了。"

"我想我老是多得便宜。我的'境遇的饼'虽然多一些助料，也许好吃一些，但是我的饱足是和你一样的。"

谈旧事是多么开心的事！看这光景，他们像要把少年时代的事迹一一回溯一遍似的。但外面的孩子们不晓得因什么事闹起来，老太太先出去做判官；这里留着一位矍铄的航海者，静静地坐着吃他的饼。

桥 边

我们住的地方就在桃溪溪畔。夹岸遍是桃林：桃实、桃叶映入水中，更显出溪边的静谧。真想不到仓皇出走的人还能享受这明媚的景色！我们日日在林下游玩；有时踱过溪桥，到朋友的蔗园里找新生的甘蔗吃。

这一天，我们又要到蔗园去，刚踱过桥，便见阿芳——蔗园的小主人——很忧郁地坐在桥下。

"阿芳哥，起来领我们到你园里去。"他举起头来，望了我们一眼，也没有说什么。

我哥哥说："阿芳，你不是说你一到水边就把一切的烦闷都洗掉了吗？你不是说，你是水边的蜻蜓么？你看歇在水茫花上那只蜻蜓比你怎样？"

"不错。然而今天就是我第一次的忧闷。"

我们都下到岸边，围绕住他，要打听这回事。他说："方才红儿掉在水里了！"红儿是他的腹婚妻，天天都和他在一块儿玩的。我们听了他这话，都惊讶得很。哥哥说："那么，你还能在这里闷坐着吗？还不赶紧去叫人来？"

"我一回去，我妈心里的忧郁怕也要一颗一颗地结出来，像桃实一样了。我宁可独自在此忧伤，不忍使我妈妈知道。"

我的哥哥不等说完，一股气就跑到红儿家里。这里阿芳还在皱着眉头，我也眼巴巴地望着他，一声也不响。

"谁掉在水里啦？"

我一听，是红儿的声音，速回头一望，果然哥哥携着红儿来了！她笑眯眯地走到芳哥跟前，芳哥像很惊讶地望着她。很久，他才出声说："你的话不灵了么？方才我贪着要到水边看看我的影儿，把他搁在树丫上，不留神轻风一摇，把他摇落水里。他随着流水往下流去；我回头要抱他，他已不在了。"

红儿才知道掉在水里的是她所赠予的小团。她曾对阿芳说那小团也叫红儿，若是把他丢了，便是丢了她。所以芳哥这么谨慎看护着。

芳哥实在以红儿所说的话是千真万真的，看今天的光景，可就教他怀疑了。他说："哦，你的话也是不准的！我这时才知道丢了你的东西不算丢了你，真把你丢了才算。"

我哥哥对红儿说："无意的话倒能教人深信：芳哥对你的信念，头一次就在无意中给你打破了。"

红儿也不着急，只优游地说："信念算什么？要真相知才有用哪。……也好，我借着这个就知道他了。我们还是到蔗园去罢。"

我们一同到蔗园去，芳哥方才的忧郁也和糖汁一同吞下去了。

落花生

蝉

急雨之后，蝉翼湿得不能再飞了。那可怜的小虫在地面慢慢地爬，好容易爬到不老的松根上头。松针穿不牢的雨珠从千丈高处脱下来，正滴在蝉翼上。蝉嘶了一声，又从树的露根摔到地上了。

雨珠，你和他开玩笑么? 你看，蚂蚁来了! 野鸟也快要看见他了!

蛇

在高可触天的桄榔树下。我坐在一条石凳上，动也不动一下。穿彩衣的蛇也盘在树根上，动也不动一下。多会让我看见他，我就害怕得很，飞也似的离开那里，蛇也和飞箭一样，射入蔓草中了。

我回来，告诉妻子说："今儿险些不能再见你的面！"

"什么缘故？"

"我在树林里见了一条毒蛇：一看见它，我就速速跑回来；蛇也逃走了。……到底是我怕它，还是它怕我？"

妻子说："若你不走，谁也不怕谁。在你眼中，它是毒蛇；在它眼中，你比它更毒呢。"

但我心里想着，要两方互相惧怕，才有和平。若有一方大胆一点，不是它伤了我，就是我伤了它。

蜜蜂和农人

雨刚晴，蝶儿没有蓑衣，不敢造次出来，可是瓜棚的四围，已满唱了蜜蜂的工夫诗：

彷彷，徨徨！徨徨，彷彷！
生就是这样，徨徨，彷彷！
趁机会把蜜酿。
大家帮帮忙；
别误了好时光。
彷彷，徨徨！徨徨，彷彷！

蜂虽然这样唱，那底下坐着三四个农夫却各人担着烟管在那里闲谈。

人的寿命比蜜蜂长，不必像它们那么忙么？未必如此。不过农夫们不懂它们的歌就是了。但农夫们工作时，也会唱的。他们唱的是：

村中鸡一鸣，

阳光便上升，

太阳上升好插秧。

禾秧要水养，

各人还为踏车忙。

东家莫截西家水；

西家不借东家粮。

各人只为各人忙——

"各人自扫门前雪，

不管他人瓦上霜。"

暗　途

"我的朋友，且等一等，待我为你点着灯，才走。"

吾威听见他的朋友这样说，便笑道："哈哈，均哥，你以我为女人么？女人在夜间走路才要用火；男子，又何必呢？不用张罗，我空手回去罢——省得以后还要给你送灯回来。"

吾威的村庄和均哥所住的地方隔着几重山，路途崎岖得很厉害。若是夜间要走那条路，无论是谁，都得带灯。所以均哥一定不让他暗中摸索回去。

均哥说："你还是带灯好。这样的天气，又没有一点月影，在山中，难保没有危险。"

吾威说："若想起危险，我就回去不成了。……"

"那么，你今晚上就住在我这里，如何？"

"不，我总得回去，因为我的父亲和妻子都在那边等着我呢。"

"你这个人，太过执拗了。没有灯，怎么去呢？"均哥一面说，一面把点着的灯切切地递给他。他仍是坚辞不受。

他说："若是你定要叫我带着灯走，那教我更不敢走。"

"怎么呢？"

"满山都没有光，若是我提着灯走，也不过是照得三两步远；且要累得满山的昆虫都不安。若凑巧遇见长蛇也冲着火光走来，可又怎办呢？再说，这一点的光可以把那照不着的地方越显得危险，越能使我害怕。在半途中，灯一熄灭，那就更不好办了。不如我空着手走，初时虽觉得有些妨碍，不多一会，什么都可以在幽暗中辨别一点。"

他说完，就出门。均哥还把灯提在手里，眼看着他向密林中那条小路穿进去，才摇摇头说："天下竟有这样怪人！"

吾威在暗途中走着，耳边虽常听见飞虫、野兽的声音，然而他一点害怕也没有。在蔓草中，时常飞些萤火出来，光虽不大，可也够了。他自己说："这是均哥想不到，也是他所不能为我点的灯。"

那晚上他没有跌倒；也没有遇见毒虫野兽；安然地到他家里。

海

我的朋友说："人的自由和希望，一到海面就完全失掉了！因为我们太不上算，在这无涯浪中无从显出我们有限的能力和意志。"

我说："我们浮在这上面，眼前虽不能十分如意，但后来要遇着的，或者超乎我们的能力和意志之外。所以在一个风狂浪骇的海面上，不能准说我们要到什么地方就可以达到什么地方；我们只能把性命先保持住，随着波涛颠来簸去便了。"

我们坐在一只不如意的救生船里，眼看着载我们到半海就毁坏的大船渐渐沉下去。

我的朋友说："你看，那要载我们到目的地的船快要歇息去了！现在在这茫茫的空海中，我们可没有主意啦。"

幸而同船的人，心忧得很，没有注意听他的话。我把他的手摇了一下说："朋友，这是你纵谈的时候么？你不帮着划桨么？"

"划桨么？这是容易的事。但要划到哪里去呢？"

我说："在一切的海里，遇着这样的光景，谁也没有带着主意下来，谁也脱不了在上面泛来泛去。我们尽管划罢。"

梨　花

　　她们还在园里玩，也不理会细雨丝丝穿入她们的罗衣。池边梨花的颜色被雨洗得更白净了，但朵朵都懒懒地垂着。

　　姊姊说："你看，花儿都倦得要睡了！"

　　"待我来摇醒它们。"

　　姊姊不及发言，妹妹的手早已抓住树枝摇了几下。花瓣和水珠纷纷地落下来，铺得银片满地，煞是好玩。

　　妹妹说："好玩啊，花瓣一离开树枝，就活动起来了！"

　　"活动什么？你看，花儿的泪都滴在我身上哪。"姊姊说这话时，带着几分怒气，推了妹妹一下。她接着说："我不和你玩了，你自己在这里罢。"

　　妹妹见姐姐走了，直站在树下出神。停了半晌，老妈子走来，牵着她，一面走着，说："你看，你的衣服都湿透了；在阴雨天，每日要换几次衣服，教人到哪里找太阳给你晒去呢？"

　　落下来的花瓣，有些被她们的鞋印入泥中；有些粘在妹妹身上，被她带走；有些浮在池面，被鱼儿衔入水里。那多情的燕子不歇把鞋印上的残瓣和软泥一同衔在口中，到梁间去，构成它们的香巢。

补破衣的老妇人

她坐在檐前，微微的雨丝飘摇下来，多半聚在她脸庞的皱纹上头。她一点儿也不理会，尽管收拾她的筐子。

在她的筐子里有很美丽的零剪绸缎；也有很粗陋的麻头、布尾。她从没有理会雨丝在她头、面、身体之上乱扑；只提防着筐里那些好看的材料沾湿了。

那边来了两个小弟兄。也许他们是学校回来。小弟弟管她叫做"衣服的外科医生"；现在见她坐在檐前，就叫了一声。

她抬起头来，望着这两个孩子笑了一笑。那脸上的皱纹虽皱得更厉害，然而生的痛苦可以从那里挤出许多，更能表明她是一个享乐天年的老婆子。

小弟弟说："医生，你只用筐里的材料在别人的衣服上，怎么自己的衣服却不管了？你看你肩脖补的那一块又该掉下来了。"

老婆子摸一摸自己的肩脖，果然随手取下一块小方布来。她笑着对小弟弟说："你的眼睛实在精明！我这块原没有用线缝住；因为早晨忙着要出来，只用浆子暂时糊着，盼望晚上回去弥补；不提防雨丝替我揭起来了！……这揭得也不错。我，既如你所说，是一个衣服的外科医生，那么，我是不怕自己的衣服害病的。"

她仍是整理筐里的零剪绸缎，没理会雨丝零落在她身上。

哥哥说："我看爸爸的手册里夹着许多的零剪文件；他也是像你一样：不时地翻来翻去。他……"

弟弟插嘴说："他也是另一样的外科医生。"

老婆子把眼光射在他们身上，说："哥儿们，你们说得对了。你们的爸爸爱惜小册里的零碎文件，也和我爱惜筐里的零剪绸缎一般。他凑合多少地方的好意思，等用得着时，就把他们编连起来，成为一种新的理解。所不同的，就是他用的头脑；我用的只是指头便了。你们叫他做……"

说到这里，父亲从里面出来，问起事由，便点头说："老婆子，你的话很中肯要。我们所为，原就和你一样，东搜西罗，无非是些绸头、布尾，只配用来补补破衲袄罢了。"

父亲说完，就下了石阶，要在微雨中到葡萄园里，看看他的葡萄长芽了没有。这里孩子们还和老婆子争论着要号他们的爸爸做什么样医生。

光的死

　　光离开他的母亲去到无量无边，一切生命的世界上。因为他走的时候脸上常带着很忧郁的容貌，所以一切能思维、能造作的灵体也和他表同情；一见他，都低着头容他走过去；甚至带着泪眼避开他。

　　光因此更烦闷了。他走得越远，力量越不足；最后，他躺下了。他躺下的地方，正在这块大地。在他旁边有几位聪明的天文家互相议论说："太阳的光，快要无所附丽了，因为他冷死的时期一天近似一天了。"

　　光垂着头，低声诉说："唉，诸大智者，你们为何净在我母亲和我身上担忧？你们岂不明白我是为饶益你们而来么？你们从没有在我面前做过我曾为你们做的事。你们没有接纳我，也没有……"

　　他母亲在很远的地方，见他躺在那里叹息，就叫他回去说："我的命儿，我所爱的，你回去罢。我一天一天任你自由地离开我，原是为众生的益处；他们既不承受，你何妨回来？"

　　光回答说："母亲，我不能回去了。因为我走遍了一切世界，遇见一切能思维、能造作的灵体，到现在还没有一句话能够对你回报。不但如此，这里还有人正咒诅我们哪！我哪有面目回去呢？我就安息在这里罢。"

他的母亲听见这话，一种幽沉的颜色早已现在脸上。他从地上慢慢走到海边，带着自己的身体、威力，一分一厘地浸入水里。母亲也跟着晕过去了。

我　想

我想什么？

我心里本有一条达到极乐园地的路，从前曾被那女人走过的；现在那人不在了，这条路不但是荒芜，并且被野草、闲花、棘枝、绕藤占据得找不出来了！

我许久就想着这条路，不单是开给她走的，她不在，我岂不能独自来往？

但是野草、闲花这样美丽、香甜，我怎舍得把他们去掉呢？棘枝、绕藤又那样横逆、蔓延，我手里又没有器械，怎敢惹他们呢？我想独自在那路上徘徊，总没有实行的日子。

日子一久，我连那条路的方向也忘了。我只能日日跑到路口那个小池的岸边静坐，在那里怅望，和沉思那草掩、藤封的道途。

狂风一吹，野花乱坠，池中锦鱼道是好饵来了，争着上来唼喋。我所想的，也浮在水面被鱼唼入口里；复幻成泡沫吐出来，仍旧浮回空中。

鱼还是活活泼泼地游；路又不肯自己开了；我更不能把所

想的撇在一边。呀!

我定睛望着上下游泳的锦鱼;我的回想也随着上下游荡。

呀,女人! 你现在成为我"记忆的池"中的锦鱼了。你有时浮上来,使我得以看见你;有时沉下去,使我费神猜想你是在某片落叶底下,或某块沙石之间。

但是那条路的方向我早忘了,我只能每日坐在池边,盼望你能从水底浮上来。

公理战胜

那晚上要举行战胜纪念第一次的典礼，不曾尝过战苦的人们争着要尝一尝战后的甘味。式场前头的人，未到七点钟，早就挤满了。

那边一个声音说："你也来了！你可是为庆贺公理战胜来的？"这边随着回答道："我只来瞧热闹，管他公理战胜不战胜。"

在我耳边恍惚有一个说话带乡下土腔的说："一个洋皇上生日倒比什么都热闹！"

我的朋友笑了。

我郑重地对他说："你听这愚拙的话，倒很入理。"

"我也信——若说战神是洋皇帝的话。"

人声，乐声，枪声和等等杂响混在一处，几乎把我们的耳鼓震裂了。我的朋友说："你看，那边预备放烟花了，我们过去看看罢。"

我们远远站着，看那红黄蓝白诸色火花次第地冒上来。"这真好，这真好！"许多人都是这样颂扬。但这是不是颂扬公理战胜？

　　旁边有一个人说："你这灿烂的烟花，何尝不是地狱的火焰？若是真有个地狱，我想其中的火焰也是这般好看。"

　　我的朋友低声对我说："对呀，这烟花岂不是从纪念战死的人而来的？战死的苦我们没有尝到，由战死而显出来的地狱火焰我们倒看见了。"

　　我说："所以我们今晚的来，不是要趁热闹，乃是要凭吊那班愚昧可怜的牺牲者。"

　　谈论尽管谈论，烟花还是一样地放。我们的声音常是沦没在腾沸的人海里。

面　具

人面原不如那纸制的面具哟！你看那红的，黑的，白的，青的，喜笑的，悲哀的，目眦怒得欲裂的面容，无论你怎样褒奖，怎样弃嫌，他们一点也不改变。红的还是红，白的还是白，目眦欲裂的还是目眦欲裂。

人面呢？颜色比那纸制的小玩意儿好而且活动，带着生气。可是你褒奖他的时候，他虽是很高兴，脸上却装出很不愿意的样子；你指摘他的时候，他虽是懊恼，脸上偏要显出勇于纳言的颜色。

人面到底是靠不住呀！我们要学面具，但不要戴他，因为面具后头应当让他空着才好。

落花生

我们屋后有半亩隙地。母亲说："让它荒芜着怪可惜，既然你们那么爱吃花生，就辟来做花生园罢。"我们几姊弟和几个小丫头都很喜欢——买种的买种，动土的动土，灌园的灌园；过不了几个月，居然收获了！

妈妈说："今晚我们可以做一个收获节，也请你们爹爹来尝尝我们的新花生，如何？"我们都答应了。母亲把花生做成好几样的食品，还吩咐这节期要在园里的茅亭举行。

那晚上的天色不大好，可是爹爹也到来，实在很难得！爹爹说："你们爱吃花生么？"

我们都争着答应："爱！"

"谁能把花生的好处说出来？"

姊姊说："花生的气味很美。"

哥哥说："花生可以制油。"

我说："无论何等人都可以用贱价买它来吃；都喜欢吃它。这就是它的好处。"

爹爹说："花生的用处固然很多；但有一样是很可贵的。这小小的豆不像那好看的苹果、桃子、石榴，把它们的果实悬在枝上，鲜红嫩绿的颜色，令人一望而发生羡慕的心。它只把果子埋在地底，等到成熟，才容人把它挖出来。你们偶然看见一棵花生瑟缩地长在地上，不能立刻辨出它有没有果实，非得等到你接触它才能知道。”

我们都说："是的。"母亲也点点头。爹爹接下去说："所以你们要像花生，因为它是有用的，不是伟大、好看的东西。"我说："那么，人要做有用的人，不要做伟大、体面的人了。"爹爹说："这是我对于你们的希望。"

我们谈到夜阑才散，所有花生食品虽然没有了，然而父亲的话现在还印在我心版上。

我的童年

序　言

　　每当茶余饭后，或是在天棚纳凉的时候，亲爱的父亲常常揽着我们讲故事、说笑话，回想起来不尽的愉快。更想到我们有时彼此追逐为戏，妈妈当母鸡，我们兄妹两个当小鸡，爸爸当老鹰，常常被爸爸捉住抱起来打屁股。间或我同小妹跳飞机、造房子玩，意见冲突的时候，爸爸总是跑过来做种种滑稽的跳法，引得大家大笑为止。我同爸爸着棋的时候也很多，爸爸几时都是兴趣浓厚，不以为是同小孩子玩而马虎让步，因此我常常输棋，输了再来，或是一笑结局。爸爸拍着我说："小苓子，有器量。"我们的小朋友来了，爸爸得闲的时候，最喜欢领导着我们玩，记得祖父在时，曾说过："地山就是一个孩子头儿。"

　　爸爸几时都是满面春风，从不见他有不愉之色，尤其对于穷苦的人们，温和备至。自抗战以来，难民到我们家门口，或是到大学的中文学院找爸爸帮助的，络绎不绝，爸爸总是尽力替他们设法，送钱、找事，或是送入救济所。记得有一次，我们在中文学院门口等爸爸一同回家，看见他挽扶着一个衣裳褴褛的老者，从石阶一步一步地下来，原来也是一个贫病求助的。事情并不稀奇，但是感动了我，指示了我应当怎样做人。

爸爸每日极忙，早晨八点去大学，一点回家午膳，两点再去，直到六点或七点才回家。在学校除教课及办校务外，总看见他在读书，写卡片，预备写书的材料。所以他写小说一类的文章，是在清早四点到六点之间，写一个段落又回到床上去睡，七点再起来。

爸爸为我们讲他小时候的故事，很多有趣的。但是段段落落没有连贯，我要求他把它写出来。他说："好，你们听话，我有空闲的时候就写。"哪知道写不到两三段，我那最可爱可敬的父亲，竟舍弃我们而去。想他不见，叫他不应，他是永远不回到我们身边来了。但是他的形影精神，深刻在我们的脑里，永世不会消灭的。

云姊姊来安慰我们，她说小朋友们都记念着爸爸，要我将爸爸所写的《童年》交她刊在《新儿童》上，虽然是没有完的文章，也可以聊慰记念着爸爸的小朋友。凡是爸爸从前向我们讲过的，尽我的记忆所能，我要把它续写在后面，使小朋友不至于太失望。爸爸有知，也许在含笑向着我们点头。

岑仲泣书　一九四一年

延平郡王祠边

小时候的事情是很值得自己回想的。父母的爱固然是一件永远不能再得的宝贝，但自己的幼年的幻想与情绪也像礤礩的孤云随着旭日升起以后，飞到天顶，便渐次地消失了。现在所留的不过是强烈的后象，以相反的色调在心头映射着。

出世后几年间是无知的时期，所能记的只是从家长们听得关于自己的零碎事情，虽然没什么趣味，却不妨记记实。在公元1893年2月24日，正当光绪十九年十二月二十八的上午丑时，我生于台湾台南府城延平郡王祠边的窥园里。这园是我祖父置的。出门不远，有一座马伏波祠，本地人称为马公庙，称我们的家为马公庙许厝。我的乳母求官是一个佃户的妻子，她很小心地照顾我。据母亲说，她老不肯放我下地，一直到我会在桌上走两步的时候，她才惊讶地嚷出来："丑官会走了！"丑官是我的小名，因为我是丑时生的。母亲姓吴，兄弟们都称她叫"姖"，是我们几弟兄跟着大哥这样叫的，乡人称母亲为"阿姐"、"阿姨"、"乃娘"，却没有称"姖"的，家里叔伯兄弟们称呼他们的母亲，也不是这样，所以"姖"是我们几兄弟对母亲所用的专名。

姖生我的时候是三十多岁，她说我小的时候，皮肤白得像那刚褪皮的小螳螂一般。这也许不是赞我，或者是由乳母不让我出外晒太阳的缘故。老家的光景，我一点印象也没有。在我还不到一周年的时候，中日战争便起来了。台湾的割让，迫着我全家在一八九六年□日（原文空掉日子）离开乡里。妪在我幼年时常对我说当时出走的情形，我现在只记得几件有点意思的，一件是她在要安平上船以前，到关帝庙去求签，问问台湾要到几时才归中国。签诗大意回答她的大意说，中国是像一株枯杨，要等到它的根上再发新芽的时候才有希望。深信着台湾若不归还中国，她定是不能再见到家门的。但她永远不了解枯树上发新枝是指什么，这谜到她去世时还在猜着。她自逃出来以后就没有回去过。第二件可纪念的事，是她在猪圈里养了一只"天公猪"，临出门的时候，她到栏外去看它，流着泪对它说："公猪，你没有福分上天公坛了，再见吧。"那猪也像流着泪，用那断藕般的鼻子嗅着她的手，低声呜呜地叫着。台湾的风俗男子生到十三四岁的年纪，家人必得为他抱一只小公猪来养着，等到十六岁上元日，把它宰来祭上帝。所以管它叫"天公猪"，公猪由主妇亲自豢养的，三四年之中，不能叫它生气、吃惊、害病等。食料得用好的，绝不能把污秽的东西给它吃，也不能放它出去游荡像平常的猪一般。更不能容它与母猪在一起。换句话，它是一只预备做牺牲的圣畜。我们家那只公猪是为大哥养的。他那年已过了十三岁。她每天亲自养它，已经快到一年了。公猪看见她到栏外格外显出亲切的情谊。她说的话，也许它能理会几分。我们到汕头三个月以后，得着看家的来信，说那公猪自从她去后，就不大肯吃东西，渐渐地瘦了，不到半年公猪竟然死了。她到十年以后还在想念着它。她

· 64 ·

叹息公猪没福分上天公坛，大哥没福分用一只自豢的圣畜。故乡的风俗男子生后三日剃胎发，必在囟门上留一撮，名叫"囟鬈"。长了许剪不许剃，必得到了十六岁的上元日设坛散礼玉皇上帝及天宫，在神前剃下来。用红线包起，放在香炉前和公猪一起供着，这是古代冠礼的遗意。

还有一件是妪养的一双绒毛鸡。广东叫作竹丝鸡，很能下蛋。她打了一双金耳环戴在它的碧色的小耳朵上。临出门的时候，她叫看家好好地保护它。到了汕头之后，又听见家里出来的人说，父亲常骑的那匹马被日本人牵去了。日本人把它上了铁蹄。它受不了，不久也死了。父亲没与我们同走。他带着国防兵在山里，刘永福又要他去守安平。那时民主国的大势已去，在台南的刘永福，也没有什么办法，只好预备走。但他又不许人多带金银，在城门口有他的兵搜查"走反"的人民。乡人对于任何变化都叫作"反"。反朱一贵，反戴万生，反法兰西，都曾大规模逃走到别处去。乙未年的"走日本反"恐怕是最大的"走"了。妪说我们出城时也受过严密的检查。因为走得太仓卒，现银预备不出来。所带的只有十几条纹银，那还是到大姑母的金铺现兑的。全家人到城门口，已是拥挤得很。当日出城的有大伯父一支五口，四婶一支四口，妪和我们姊弟六口，还有杨表哥一家，和我们几兄弟的乳母及家丁等七八口，一共二十多人。先坐牛车到南门外自己的田庄里过一宿，第二天才出安平乘竹筏上轮船到汕头去。妪说我当时只穿着一套夏布衣服；家里的人穿的都是夏天衣服，所以一到汕头不久，很费了事为大家做衣服。我到现在还仿佛地记忆着我是被人抱着在街上走，看见满街上人拥挤得很，这是我最初印在我脑子里的经验。自然当时不知道是什么，依通常计算虽叫作三岁，其实只有十八个月左右。一切都是很模糊的。

我家原是从揭阳移居于台湾的。因为年代远久，族谱里的世系对不上，一时不能归宗。爹的行止还没一定，所以暂时寄住在本家的祠堂里。主人是许子荣先生与子明先生二位昆季，我们称呼子荣为太公，子明为三爷。他们二位是爹的早年的盟兄弟。祠堂在桃都底的围村，地方很宏敞。我们一家都住得很舒适。太公的二少爷是个秀才，我们称他为杞南兄，大少爷在广州经商，我们称他做梅坡哥。祠堂的右边是杞南兄住着，我们住在左边的一段。妪与我们几兄弟住在一间房。对面是四婶和她的子女住。隔一个天井，是大伯父一家住。大哥与伯父的儿子们辛哥住伯父的对面房。当中各隔着一间厅。大伯的姨太清姨和逊姨住左厢房，杨表哥住外厢房，其余乳母工人都在厅上打铺睡。这样算是在一个小小的地方安顿了一家子。

祠堂前头有一条溪，溪边有蔗园一大区，我们几个小弟兄常常跑到园里去捉迷藏；可是大人们怕里头有蛇，常常不许我们去。离蔗园不远的地方还有一区果园，我还记得柚子树很多。到开花的时候，一阵阵的清香教人闻到觉得非常愉快；这气味好像现在还有留着。那也许是我第一次自觉在树林里遨游。在花香与蜂闹的树下，在地上玩泥土，玩了大半天才被人叫回家去。

姬是不喜欢我们到祠堂外去的，她不许我们到水边玩，怕掉在水里；不许到果园里去，怕糟蹋人家的花果；又不许到蔗园去，怕被蛇咬了。离祠堂不远通到村市的那道桥，非有人领着，是绝对不许去的，若犯了她的命令，除掉打一顿之外，就得受缔佛的刑罚。缔佛是从乡人迎神赛会时把偶像缔结在神舆上以防倾倒的意义得来的，我与叔庚被缔的时候次数最多，几乎没有一天不"缔"整个下午。

牛津的书虫

　　牛津实在是学者的学国，我在此地两年的生活尽用于波德林图书馆、印度学院、阿克关屋（社会人类学讲室）及曼斯斐尔学院中，竟不觉归期已近。

　　同学们每叫我做"书虫"，定蜀尝鄙夷地说我于每谈论中，不上三句话，便要引经据典，"真正死路"！刘错说："你成日读书，睇读死你嚟呀！"书虫诚然是无用的东西，但读书读到死，是我所乐为。假使我的财力、事业能够容允我，我诚愿在牛津做一辈子的书虫。

　　我在幼时已决心为书虫生活。自破笔受业直到如今，二十五年间未尝变志。但是要做书虫，在现在的世界本不容易。须要具足五个条件才可以。五件者：第一要身体康健；第二要家道丰裕；第三要事业清闲；第四要志趣淡薄；第五要宿慧超越。我于此五件，一无所有！故我以十年之功只当他人一夕之业。于诸学问、途径还未看得清楚，何敢希望登堂入室？但我并不因我的资质与境遇而灰心，我还是抱着读得一日便得一日之益的心志。

为学有三条路向：一是深思，二是多闻，三是能干。第一途是做成思想家的路向；第二是学者；第三是事业家。这三种人同是为学，而其对于同一对象的理解则不一致。譬如有人在居庸关下偶然检起一块石头，一个思想家要想他怎样会在那里，怎样被人检起来，和他的存在的意义。若是一个地质学者，他对于那石头便从地质方面源源本本地说。若是一个历史学者，他便要探求那石与过去史实有无的关系。若是一个事业家，他只想着要怎样利用那石而已。三途之中，以多闻为本。我邦先贤教人以"博闻强记"，及教人"不学而好思，虽知不广"的话，真可谓能得为学的正谊。但在现在的世界，能专一途的很少。因为生活上等等的压迫，及种种知识上的需要，使人难为纯粹的思想家或事业家。假使苏格拉底生于今日的希拉，他难免也要写几篇关于近东问题的论文投到报馆里去卖几个钱。他也得懂得一点汽车、无线电的使用方法。也许他也会把钱财存在银行里。这并不是因为"人心不古"，乃是因为人事不古。近代人需要等等知识为生活的资助，大势所趋，必不能在短期间产生纯粹的或深邃的专家。故为学要先多能，然后专攻，庶几可以自存，可以有所供献。吾人生于今日，对于学问，专既难能，博又不易，所以应于上列三途中至少要兼二程。兼多闻与深思者为文学家。兼多闻与能干的为科学家。就是说一个人具有学者与思想家的才能，便是文学家；具有学者与专业家的功能的，便是科学家。文学家与科学家同要具学者的资格所不同者，一是偏于理解，一是偏于作用，一是修文，一是格物（自然我所用科学家与文学家的名字是广义的）。进一步说，舍多闻既不能有深思，亦不能生能干，所以多闻是为学根本。多闻多见为学者应有的事情，如人能够做到，才算得过着书虫的生活。当徬徨于学问的歧途时，若不能早自决断该向哪一条路走去，他的学业必致如荒漠的沙粒，既不能长育生灵，又不堪制作器用。即使他能下笔千言，必无一字可取。纵使他能临事多谋，必无一策能成。我邦学者，每不擅于过书虫生活，在歧途上既不能慎自抉择，复不虚心求教；过得去时，便充名士；过不去时，就变劣绅，所以我觉得留学而学普通知识，是一个民族最羞耻的事情。

我每觉得我们中间真正的书虫太少了。这是因为我们当学生的多半穷乏，急于谋生，不能具足上说五种求学条件所致。从前生活简单，旧式书院未变学堂的时代，还可以希望从领膏火费的生员中造成一二。至于今日的官费生或公费生，多半是虚掷时间和金钱。这样的光景在留学界中更为显然。

牛津的书虫很多，各人都能利用它的机会去钻研，对于有学无财的人，各学院尽予津贴，未卒业者为"津贴生"，已卒业者为"特待校友"，特待校友中有一辈以读书为职业的。要有这样的待遇，然后可产出高等学者。在今日的中国要靠著作度日是绝对不可能的，因社会程度过低，还养不起著作家。……所以著作家的生活与地位在他国是了不得，在我国是不得了！著作家还养不起，何况能养在大学里以读书为生的书虫？这也许就是中国的"知识阶级"不打而自倒的原因。

……

海世间

　　我们的人间只有在想象或淡梦中能够实现罢了。一离了人造的海上社会，心里便想到此后我们要脱离等等社会律的桎梏，来享受那乐行忧违的潜龙生活；谁知道一上船，那人造人间所存的受、想、行、识，都跟着我们入了这自然的海洋！这些东西，比我们的行李还多，把这一万二千吨的小船压得两边摇荡。同行的人也知道船载得过重，要想一个好方法，教它的负担减轻一点；但谁能有出众的慧思呢？想来想去，只有吐些出来，此外更无何等妙计。

　　这方法虽是很平常，然而船却轻省得多了。这船原是要到新世界去的哟，可是新世界未必就是自然的人间。在水程中，虽然把衣服脱掉了，跳入海里去学大鱼的游泳，也未必是自然。要是闭眼闷坐着，还可以有一点勉强的自在。

　　船离陆地远了，一切远山疏树尽化行云。割不断的轻烟，缕缕丝丝从烟筒里舒放出来，慢慢地往后延展。故国里，想是有人把这烟揪住罢。不然就是我们之中有些人的离情凝结了，乘着轻烟家去。

呀！他的魂也随着轻烟飞去了！轻烟载不起他，把他摔下来。堕落的人连浪花也要欺负他，将那如弹的水珠一颗颗射在他身上。他几度随着波涛浮沉，气力有点不足，眼看要沉没了，幸而得文鳐的哀怜，展开了帆鳍搭救他。

文鳐说："你这人太笨了，热火燃尽的冷灰，岂能载得你这焰红的情怀？我知道你们船中定有许多多情的人儿，动了乡思。我们一队队跟船走，又飞又泳，指望能为你们服劳，不料你们反拍着掌笑我们，驱逐我们。"

他说："你的话我们怎能懂得呢？人造的人间的人，只能懂得人造的语言罢了。"

文鳐摇着他口边那两根短须，装作很老成的样子，说："是谁给你分别的，什么叫人造人间，什么叫自然人间？只有你心里妄生差别便了。我们只有海世间和陆世间的分别，陆世间想你是经历惯的；至于海世间，你只能从想象中理会一点。你们想海里也有女神，五官六感都和你们一样。戴的什么珊瑚、珠贝，披的什么鲛纱、昆布。其实这些东西，在我们这里并非稀奇难得的宝贝。而且一说人的形态便不是神了。我们没有什么神，只有这蔚蓝的盐水是我们生命的根源。可是我们生命所从出的水，于你们反有害处。海水能夺去你们的生命。若说海里有神，你应当崇拜水，毋需再造其他的偶像。"

他听得呆了，双手扶着文鳐的帆鳍，请求他领他到海世间去。文鳐笑了，说："我明说水中你是生活不得的，你不怕丢了你的生命么？"

他说："下去一分时间，想是无妨的。我常想着海神的清洁、温柔、娴雅等等美德；又想着海底的花园有许多我不曾见过的生物和景色，恨不得有人领我下去一游。"

文鳐说："没有什么，没有什么，不过是咸而冷的水罢了；海的美丽就是这么简单——冷而咸。你一眼就可以望见了。何必我领你呢？凡美丽的事物，都是这么简单的。你要求它多么繁复、热烈，那就不对了。海世间的生活，你是受不惯的，不如送你回船上去罢。"

那鱼一振鳍，早离了波阜，飞到舷边。他还舍不得回到这真是人造的陆世界来，眼巴巴只怅望着天涯，不信海就是方才所听情况。从他想象里，试要构造些海底世界的光景。他的海中景物真个实现在他梦想中了。

爱流汐涨

　　月儿的步履已踏过嵇家的东墙了。孩子在院里已等了许久，一看见上半弧的光刚射过墙头，便忙忙跑到屋里叫道："爹爹，月儿上来了，出来给我燃香罢。"

　　屋里坐着一个中年的男子，他的心负了无量的愁闷。外面的月亮虽然还像去年那么圆满，那么光明，可是他对于月亮的情绪就大不如去年了。当孩子进来叫他的时候，他就起来，勉强回答说："宝璜，今晚上不必拜月，我们到院里对着月光吃些果品，回头再出去看看别人的热闹。"

　　孩子一听见要出去看热闹，更喜得了不得。他说："为什么今晚上不拈香呢？记得从前是妈妈点给我的。"

　　父亲没有回答他。但孩子的话很多，问得父亲越发伤心了。他对着孩子不甚说话。只有向月不歇地叹息。

　　"爸爸今晚上不舒服么？为何气喘得那么厉害？"

　　父亲说："是，我今晚上病了。你不是要出去看热闹么？可以教素云姐带你去，我不能去了。"

　　素云是一个年长的丫头。主人的心思、性地，她本十分明白，所以家里无论大小事几乎是她一人主持。她带宝璜出门，到河边看看船上和岸上各样的灯色，便中就告诉孩子说："你爹爹今晚不舒服了，我们得早一点回去才是。"

孩子说："爹爹白天还好好地，为何晚上就害起病来？"

"唉，你记不得后天是妈妈的百日吗？"

"什么是妈妈的百日？"

"妈妈死掉，到后天是一百天的工夫。"

孩子实在不能理会那"一百日"的深层意思。素云只得说："夜深了，咱们回家去罢。"

素云和孩子回来的时候，父亲已经躺在床上，见他们回来，就说："你们回来了。"她跑到床前回答说："二少爷，我们回来了，晚上大哥儿可以和我同睡，我招呼他，好不好？"

父亲说："不必。你还是睡你的罢。你把他安置好，就可以去歇息，这里没有什么事。"

这个七岁的孩子就睡在离父亲不远的一张小床上。外头的鼓乐声，和树梢的月影，把孩子嬲得不能睡觉。在睡眠的时候，父亲本有命令，不许说话；所以孩子只得默听着，不敢发出什么声音。

乐声远了，在近处的杂响中，最刺激孩子的，就是从父亲那里发出来的啜泣声。在孩子的思想里，大人是不会哭的。所以他很诧异地问："爹爹，你怕黑么？大猫要来咬你么？你哭什么？"他说着就要起来，因为他也怕大猫。

父亲阻止他，说："爹爹今晚上不舒服，没有别的事。不许起来。"

"咦，爹爹明明哭了！我每哭的时候，爹爹说我的声音像河里水声浆潺潺地响；现在爹爹的声音也和那个一样。呀，爹爹，别哭了，爹爹一哭，教宝璜怎能睡觉呢？"

孩子越说越多，弄得父亲的心绪更乱。他不能用什么话来对付孩子，只说："璜儿，我不是说过，在睡觉时不许说话么？你再说时，爹爹就不疼你了。好好地睡罢。"

孩子只复说了一句："爹爹要哭，教人怎样睡得着呢？"以后他就静默了。

这晚上的催眠歌，就是父亲的抽噎声。不久，孩子也因着这声就发出微细的鼾息，屋里只有些杂响伴着父亲发出哀音。

海角的孤星

一走近舷边看浪花怒放的时候，便想起我有一个朋友曾从这样的花丛中隐藏他的形骸。这个印象，就是到世界的末日，我也忘不掉。

这桩事情离现在已经十年了。然而他在我的记忆里却不像那么久远。他是和我一同出海的，新婚的妻子和他同行。他很穷，自己买不起头等舱位。但因新人不惯行旅的缘故，他乐意把平生的蓄积尽量地倾泻出来，为他妻子定了一间头等舱。他在那头等船票的佣人格上填了自己的名字，为的要省些资财。

他在船上哪里像个新郎，简直是妻的奴隶！旁人的议论，他总是不理会的。他没有什么朋友，也不愿意在船上认识什么朋友，因为他觉得同舟中只有一个人配和他说话。这冷僻的情形，凡是带着妻子出门的人都是如此，何况他是个新婚者？

船向着赤道走，他们的热爱，也随着增长了。东方人的恋爱本带着几分爆发性，纵然遇着冷气，也不容易收缩。他们要去的地方是槟榔屿附近一个新辟的小埠。下了海船，改乘小舟进去，小河边满是椰子、棕枣和树胶林。轻舟载着一对新人在这神秘的绿荫底下经过，赤道下的阳光又送了他们许多热情、热觉、热血汗。他们更觉得身外无人。

他对新娘说："这样深茂的林中，正合我们幸运的居处。我愿意和你永远住在这里。"

新娘说："这绿得不见天日的林中，只做浪人的坟墓罢了……"

他赶快截住说："你老是要说不吉利的话！然而在新婚期间，所有不吉利的语言都要变成吉利的。你没念过书，哪里知道这林中的树木所代表的意思。书里说：'椰子是得子息的徽识树'，因为椰子就是'迓子'。棕枣是表明爱与和平。树胶要把我们的身体黏得非常牢固，至于分不开。你看我们在这林中，好像双星悬在鸿蒙的穹苍下一般。双星有时被雷电吓得躲藏起来，而我们常要闻见许多歌禽的妙音和无量野花的香味。算来我们比双星还快活多了。"

新娘笑说："你们念书人的能干只会在女人面前搬唇弄舌罢。好听极了！听你的话语，也可以不用那发妙音的鸟儿了。有了别的声音，倒嫌嘈杂咧！……可是，我的人哪，设使我一旦死掉，你要怎办呢？"

这一问，真个是平地起雷咧！但不晓得新婚的人何以常要发出这样的问。不错的，死的恐怖，本是和快乐的愿望一齐来的呀。他的眉不由得不皱起来了，酸楚的心却拥出一副笑脸，说："那么，我也可以做个孤星。"

"咦，恐怕孤不了罢。"

"那么，我随着你去，如何？"他不忍看着他的新娘，掉头出去向着流水，两行热泪滴下来，正和船头激成的水珠结合起来。新娘见他如此，自然要后悔，但也不能对她丈夫忏悔，因为这种悲哀的霉菌，众生都曾由母亲的胎里传染下来，谁也没法医治的。她只能说："得啦，又伤心什么？你不是说我们在这时间里，凡有不吉利的话语，都是吉利的么？你何不当作一种吉利话听？"她笑着，举起丈夫的手，用他的袖口，帮助他擦眼泪。

　　他急得把妻子的手摔开说："我自己会擦。我的悲哀不是你所能擦，更不是你用我的手所能灭掉的，你容我哭一会儿罢。我自己知道很穷，将要养不起你，所以你……"

　　妻子忙煞了，急掩着他的口，说："你又来了。谁有这样的心思？你要哭，哭你的，不许再往下说了。"

　　这对相对无言的新夫妇，在沉默中随着流水湾行，一直驶入林荫深处。自然他们此后定要享受些安泰的生活。然而在那邮件难通的林中，我们何从知道他们的光景？

　　三年的工夫，一点消息也没有！我以为他们已在林中做了人外的人，也就渐渐把他们忘了。这时，我的旅期已到，买舟从槟榔屿回来。在二等舱上，我遇见一位很熟的旅客。我左右思量，总想不起他的名姓，幸而他还认识我，他一见我便叫我说："落君，我又和你同船回国了！你还记得我吗？我想我病得这样难看，你决不能想起我是谁。"他说我想不起，我倒想起来了。

我很惊讶，因为他实在是病得很厉害了。我看见他妻子不在身边，只有一个咿呀学舌的小婴孩躺在床上。不用问，也可断定那是他的子息。

　　他倒把别来的情形给我说了。他说："自从我们到那里，她就病起来。第二年，她生下这个女孩，就病得更厉害了。唉，幸运只许你空想的！你看她没有和我一同回来，就知道我现在确是成为孤星了。"

　　我看他憔悴的病容。委实不敢往下动问，但他好像很有精神，愿意把一切的情节都说给我听似的。他说话时，小孩子老不容他畅快地说。没有母亲的孩子，格外爱哭，他又不得不抚慰她。因此，我也不愿意扰他，只说："另日你精神清爽的时候，我再来和你谈罢。"我说完，就走出来。

　　那晚上，经过马来海峡，船震荡得很。满船的人，多犯了"海病"。第二天，浪平了。我见管舱的侍者，手忙脚乱地拿着一个麻袋，往他的舱里进去。一问，才知道他已经死了，侍者把他的尸洗净，用细台布裹好，拿了些废铁、几块煤炭，一同放入袋里，缝起来。他的小女儿还不知这是怎么一回事，只咿呀地说了一两句不相干的话。她会叫"爸爸""我要你抱""我要那个"等等简单的话。在这时，人们也没工夫理会她、调戏她了，她只独自说自己的。

　　黄昏一到，他的丧礼，也要预备举行了。侍者把麻袋拿到船后的舷边。烧了些楮钱，口中不晓得念了些什么，念完就把麻袋推入水里。那时船的推进机停了一会，隆隆之声一时也静默了。

船中知道这事的人都远远站着看，虽和他没有什么情谊，然而在那时候却不免起敬的。这不是从友谊来的恭敬，本是非常难得，他竟然承受了！

他的海葬礼行过以后，就有许多人谈到他生平的历史和境遇。我也钻入队里去听人家怎样说他。有些人说他妻子怎样好，怎样可爱。他的病完全是因为他妻子的死，积哀所致的。照他的话，他妻子葬在万绿丛中，他却葬在不可测量的碧晶岩里了。

旁边有个印度人，拈着他那一大缕红胡子，笑着说："女人就是悲哀的萌蘖，谁叫他如此？我们要避掉悲哀，非先避掉女人的纠缠不可。我们常要把小女儿献给殑迦河神，一来可以得着神惠，二来省得她长大了，又成为一个使人悲哀的恶魔。"

我摇头说："这只有你们印度人办得到罢了，我们可不愿意这样办。诚然，女人是悲哀的萌蘖，可是我们宁愿悲哀和她同来，也不能不要她。我们宁愿她嫁了才死，虽然使她丈夫悲哀至于死亡，也是好的。要知道丧妻的悲哀是极神圣的悲哀。"

日落了，蔚蓝的天多半被淡薄的晚云涂成灰白色。在云缝中，隐约露出一两颗星星。金星从东边的海涯升起来，由薄云里射出它的光辉。小女孩还和平时一样，不懂得什么是可悲的事。她只顾抱住一个客人的腿，绵软的小手指着空外的金星，说："星！我要那个！"她那副嬉笑的面庞，迥不像个孤儿。

上景山

　　无论哪一季，登景山最合宜的时间是在清早或下午三点以后。晴天，眼界可以望朦胧处；雨天，可以赏雨脚的长度和电光的迅射；雪天，可以令人咀嚼着无色界的滋味。

　　在万春亭上坐着，定神看北上门后的马路（从前路在门前，如今路在门后）尽是行人和车马，路边的梓树都已掉了叶子。不错，已经立冬了，今年天气可有点怪，到现在还没冻冰。多谢芝荷的业主把残茎都去掉，教我们能看见紫禁城外护城河的水光还在闪烁着。

　　神武门上是关闭得严严的。最讨厌的是楼前那枝很长的旗杆，侮辱了全个建筑的庄严。门楼两旁树它一对，不成吗？禁城上时时有人在走着，恐怕都是外国的旅人。

　　皇宫一所一所排列着非常整齐。怎么一个那么不讲纪律的民族，会建筑这么严整的宫廷？我对着一片黄瓦这样想着。不，说不讲纪律未免有点过火，我们可以说这民族是把旧的纪律忘掉，正在找一个新的呐。新的找不着，终究还要回来的。北京房子，皇宫也算在里头，主要的建筑都是向南的，谁也没有这样强迫过建筑者，说非这样修不可。但纪律因为利益所在，在不言中被遵守了。夏天受着解愠的熏风，冬天接着可爱的暖日，只要守着盖房子的法则，这利益是不用争而自来的。所以我们要问在我们的政治社会里有这样的熏风和暖日吗？

最初在崖壁上写大字铭功的是强盗的老师，我眼睛看着神武门上的几个大字，心里想着李斯。皇帝也是强盗的一种，是个白痴强盗。他抢了天下把自己监禁在宫中，把一切宝物聚在身边，以为他是富有天下。这样一代过一代，到头来还是被他的糊涂奴仆，或贪婪臣宰，讨、瞒、偷、换，到连性命也不定保得住。这岂不是个白痴强盗？在白痴强盗底下才会产出大盗和小偷来。一个小偷，多少总要有一点跳女墙钻狗洞的本领，有他的禁忌，有他的信仰和道德。大盗只会利用他的奴性去请托攀缘，自赞赞他，禁忌固然没有，道德更不必提。谁也不能不承认盗贼是寄生人类的一种，但最可杀的是那班为大盗之一的斯文贼。他们不像小偷为延命去营鼠雀的生活；也不像一般的大盗，凭着自己的勇敢去抢天下。所以明火打劫的强盗最恨的是斯文贼。这里我又联想到张献忠。有一次他开科取士，檄诸州举贡生员，后至者妻女充院，本犯剥皮，有司教官斩，连坐十家。诸生到时，他要他们在一丈见方的大黄旗上写个帅字，字画要像斗底粗大，还要一笔写成。一个生员王志道缚草为笔，用大缸贮墨汁将草笔泡在缸里，三天，再取出来写，果然一笔写成了。他以为可以讨献忠的喜欢，谁知献忠说："他日图我必定是你。"立即把他杀来祭旗。献忠对待念书人是多么痛快。他知道他们是寄生的寄生。他的使命是来杀他们。

东城西城的天空中，时见一群一群旋飞的鸽子。除去打麻雀，逛窑子，上酒楼以外，这也是一种古典的娱乐。这种娱乐也来得群众化一点。它能在空中发出和悦的响声，翩翩地飞绕着，教人觉得在一个灰白色的冷天，满天乱飞乱叫的老鸹的讨厌。然而在刮大风的时候，若是你有勇气上景山的最高处，看看天安门楼屋脊上的鸦群，噪叫的声音是听不见，它们随风飞扬，直像从什么大树飘下来的败叶，凌乱得有意思。

万春亭周围被挖得东一沟，西一窟，据说是管官的当局挖来试看煤山是不是个大煤堆，像历来的传说所传的，我心里暗笑信这说的人们。是不是因为北宋亡国的时候，都人在城被围时，拆毁艮岳的建筑木材去充柴火，所以计划建筑北京的人预先堆起一大堆煤，万一都城被围的时候，人民可以不拆宫殿。这是笨想头。若是我来计划，最好来一个米山。米在万急的时候，也可以生吃，煤可无论如何吃不得。又有人说景山是太行的最终一峰。这也是瞎说。从西山往东几十里平原，可怎么不偏不颇在北京城当中出了一座景山？若说北京的建设就是对着景山的子午，为什么不对北海的琼岛？我想景山明是开紫禁城外的护河所积的土，琼岛也是垒积从北海挖出来的土而成的。

从亭后的树缝里远远看见鼓楼。地安门前后的大街，人马默默地走，城市的喧嚣声，一点也听不见。鼓楼是不让正阳门那样雄壮地挺着。它的名字，改了又改，一会儿是明耻楼，一会儿又是齐政楼，现在大概又是明耻楼吧。明耻不难，雪耻得努力。只怕市民能明白那耻的还不多，想来是多么可怜。记得前几年"三民主义"、"帝国主义"这套名词随着北伐军到北平的时候，市民看些篆字标语，好像都明白各人蒙着无上的耻辱，而这耻辱是由于帝国主义的压迫。所以大家也随声附和唱着打倒和推翻。

从山上下来，崇祯殉国的地方依然是那么半死的槐树。据说树上原有一条链子锁着，庚子联军入京以后就不见了，现在那枯槁的部分，还有一个大洞，当时的链痕还隐约可以看见。义和团运动的结果，从解放这棵树发展到解放这民族。这是一件多么可以发人深思的对象呢？山后的柏树发出幽恬的香气，好像是对于这地方的永远供物。

寿皇殿锁闭得严严的，因为谁也不愿意努尔哈赤的种类再做白痴的梦。每年的祭祀不举行了，庄严的神乐再也不能听见，只有从乡间进城来唱秧歌的孩子们，在墙外打的锣鼓，有时还可以送到殿前。

到景山门，回头仰望顶上方才所坐的地方，人都下来了。树上几只很面熟却不认得的鸟在叫着。亭里残破的古佛还坐着结那没人能懂的手印。

先农坛

　　曾经一度繁华过的香厂，现在剩下些破烂不堪的房子，偶尔经过，只见大兵们在广场上练国技。望南再走，排地摊的犹如往日，只是好东西越来越少，到处都看见外国来的空酒瓶，香水樽，胭脂盒，乃至簇新的东洋瓷器、沾衣摊上的不入时的衣服，"一块八"、"两块四"叫卖的伙计连翻带地兜揽，买主没有，看主却是很多。

　　在一条凹凸得格别的马路上走，不觉进了先农坛的地界。从前在坛里唯一的新建筑，"四面钟"，如今只剩一座空洞的高台，四围的柏树早已变成富人们的棺材或家俬了。东边一座礼拜寺是新的。球场上还有人在那里练习。绵羊三五群，遍地披着枯黄的草根。风稍微一动，尘土便随着飞起，可惜颜色太坏，若是雪白或朱红，岂不是很好的国货化妆材料？

　　到坛北门，照例买票进去。古柏依旧，茶座全空。大兵们住在大殿里，很好看的门窗，都被拆做柴火烧了。希望北平市游览区划定以后，可以有一笔大款来修理。北平的旧建筑，渐次少了，房主不断地卖折货。像最近的定王府，原是明朝胡大海的府邸，论起建筑的年代足有五百多年。假若政府有心保存北平古物，决不至于让市民随意拆毁。拆一间是少一间。现在坛里，大兵拆起公有建筑来了。爱国得先从爱惜公共的产业做起，得先从爱惜历史的陈迹做起。

观耕台上坐着一男一女，正在密谈，心情的热真能抵御环境的冷。桃树柳树都脱掉叶衣，做三冬的长眠，风摇鸟唤，都不听见。雩坛边的鹿，伶俐的眼睛瞭望着过路的人。游客本来有三两个，它们见了格外相亲。在那么空旷的园囿，本不必拦着它们，只要四围开上七八尺深的沟，斜削沟的里壁，使当中成一个圆丘，鹿放在当中，虽没遮栏也跳不上来。这样，园景必定优美得多。星云坛比岳渎坛更破烂不堪。干蒿败艾，满布在砖缝瓦罅之间，拂人衣裾，便发出一种清越的香味。老松在夕阳底下默然站着。人说它像盘旋的虬龙，我说它像开屏的孔雀，一颗一颗的松球，衬着暗绿的针叶，远望着更像得很。松是中国人的理想性格，画家没有不喜欢画它。孔子说它后凋还是屈了它，应当说它不凋才对。英国人对于橡树的情感就和中国对于松树的一样。中国人爱松并不尽是因为它长寿，乃是因它当飘风飞雪的时节能够站得住，生机不断，可发荣的时间一到，便又青绿起来。人对着松树是不会失望的，它能给人一种兴奋，虽然树上留着许多枯枝丫，看来越发增加它的壮美。就是枯死，也不像别的树木等闲地倒下来。千年百年是那么立着，藤萝缠它，薜荔粘它，都不怕，反而使它更优越更秀丽。古人说松籁好听得像龙吟。龙吟我们没有听过，可是它所发出的逸韵，真能使人忘掉名利，动出尘的想头。可是要记得这样的声音，决不是一寸一尺的小松所能发出，非要经得百千年的磨练，受过风霜或者吃过斧斤的亏，能够立得定以后，是做不到的。所以当年壮的时候，应学松柏的抵抗力，忍耐力，和增进力；到年衰的时候，也不妨送出清越的籁。

对着松树坐了半天。金黄色的霞光已经收了，不免离开雩坛直出大门。门外前几年挖的战壕，还没填满；羊群领着我向着归路。道边放着一担菊花，卖花人站在一家门口与那淡妆的女郎讲价，不提防担里的黄花教羊吃了几棵。那人索性将两棵带泥丸的菊花向羊群猛掷过去，口里骂"你等死的羊孙子！"可也没奈何。吃剩的花散布在道上，也教车轮碾碎了。

忆卢沟桥

记得离北平以前，最后到卢沟桥，是在二十二年的春天。我与同事刘兆蕙先生在一个清早由广安门顺着大道步行，经过大井村，已是十点多钟。参拜了义井庵的千手观音，就在大悲阁外少憩。那菩萨像有三丈多高，是金铜铸成的，体相还好，不过屋宇倾颓，香烟零落，也许是因为求愿的人们发生了求财赔本求子丧妻的事情罢。这次的出游本是为访求另一尊铜佛而来的。我听见从宛平城来的人告诉我那城附近有所古庙塌了，其中许多金铜佛像，年代都是很古的。为知识上的兴趣，不得不去采访一下。大井村的千手观音是有著录的，所以也顺便去看看。

出大井村，在官道上，巍然立着一座牌坊，是乾隆四十年建的。坊东面额书"经环同轨"，西面是"荡平归极"。建坊的原意不得而知，将来能够用来做凯旋门那就最合宜不过了。

春天的燕郊，若没有大风，就很可以使人流连。树干上或土墙边蜗牛在画着银色的涎路。它们慢慢移动，像不知道它们的小介壳以外还有什么宇宙似的。柳塘边的雏鸭披着淡黄色的氄毛，映着嫩绿的新叶；游泳时，微波随蹼翻起，泛成一弯一弯动着的曲纹，这都是生趣的示现。走乏了，且在路边的墓园少住一回。刘先生站在一座很美丽的窣堵波上，要我给他拍照。在榆树荫覆之下，我们没感到路上太阳的酷烈。寂静的墓园里，虽没有什么名花，野卉倒也长得顶得意的。忙碌的蜜蜂，两只小腿粘着些少花粉，还在采集着。蚂蚁为争一条烂残的蚱蜢腿，在枯藤的根本上争斗着。落网的小蝶，一片翅膀已失掉效用，还在挣扎着。这也是生趣的示现，不过意味有点不同罢了。

闲谈着，已见日丽中天，前面宛平城也在域之内了。宛平城在卢沟桥北，建于明崇祯十年，名叫"拱北城"，周围不及二里，只有两个城门，北门是顺治门，南门是永昌门。清改拱北为拱极，永昌门为威严门。南门外便是卢沟桥。拱北城本来不是县城，前几年因为北平改市，县衙才移到那里去，所以规模极其简陋。从前它是个卫城，有武官常驻镇守着，一直到现在，还是一个很重要的军事地点。我们随着骆驼队进了顺治门，在前面不远，便见了永昌门。大街一条，两边多是荒地。我们到预定的地点去探访，果见一个庞大的铜佛头和些铜像残体横陈在县立学校里的地上。拱北城内原有观音庵与兴隆寺，兴隆寺内还有许多已无可考的广慈寺的遗物，那些铜像究竟是属于哪寺的也无从知道。我们摩挲了一回，才到卢沟桥头的一家饭店午膳。

自从宛平县署移到拱北城，卢沟桥便成为县城的繁要街市。桥北的商店民居很多，还保存着从前中原数省入京孔道的规模。桥上的碑亭虽然朽坏，还矗立着。自从历年的内战，卢沟桥更成为戎马往来的要冲，加上长辛店战役的印象，使附近的居民都知道近代战争的大概情形，连小孩也知道飞机，大炮，机关枪都是做什么用的。到处墙上虽然有标语贴着的痕迹。而在色与量上可不能与卖药的广告相比。推开窗户，看着永定河的浊水穿过疏林，向东南流去，想起陈高的诗："卢沟桥西车马多，山头白日照清波。毡庐亦有江南妇，愁听金人出塞歌。"清波不见，浑水成潮，是记述与事实的相差，抑昔日与今时的不同，就不得而知了。但想象当日桥下雅集亭的风景，以及金人所掠江南妇女，经过此地的情形，感慨便不能不触发了。

从卢沟桥上经过的可悲可恨可歌可泣的事迹，岂止被金人所掠的江南妇女那一件？可惜桥栏上蹲着的石狮子个个只会张牙咧龇结舌无言，以致许多可以稍留印迹的史实，若不随蹄尘飞散，也教轮辐压碎了。我又想着天下最有功德的是桥梁。它把天然的阻隔连络起来，它从这岸度引人们到那岸。在桥上走过的是好是歹，于它本来无关，何况在上面走的不过是长途中的一小段，它哪能知道伺者是可悲可恨可泣呢？它不必记历史，反而是历史记着它。卢沟桥本名广利桥，是金大定二十七年始建，至明昌二年（公元1189—1192年）修成的。它拥有世界的声名是因为曾入马哥博罗的记述。马哥博罗记作"普利桑乾"，而欧洲人都称它作"马哥博罗桥"，倒失掉记者赞叹桑乾河上一道大桥的原意了。中国人是擅于修造石桥的，在建筑上只有桥与塔可以保留得较为长久。中国的大石桥每能使人叹为鬼役神工，卢沟桥的伟大与那有名的泉州洛阳桥和漳州虎渡桥有点不同。论工程，它没有这两道桥的宏伟，然而在史迹上，它是多次系着民族安危。纵使你把桥拆掉，卢沟桥的神影是永不会被中国人忘记的。这个在"七七"事件发生以后，更使人觉得是如此。当时我只想着日军许会从古北口入北平，由北平越过这道名桥侵入中原，决想不到火头就会在我那时所站的地方发出来。

在饭店里，随便吃些烧饼，就出来，在桥上张望。铁路桥在远处平行地架着。驮煤的骆驼队随着铃铛的音节整齐地在桥上迈步。小商人与农民在雕栏下作交易上很有礼貌的计较。妇女们在桥下浣衣，乐融融地交谈。人们虽不理会国势的严重，可是从军队里宣传员口里也知道强敌已在门口。我们本不为做间谍去的，因为在桥上向路人多问了些话，便教警官注意起来，我们也自好笑。我是为当事官吏的注意而高兴，觉得他们时刻在提防着，警备着。过了桥，便望见实柘山，苍翠的山色，指示着日斜多了几度，在砾原上流连片时，暂觉晚风拂衣，若不回转，就得住店了。"卢沟晓月"是有名的。为领略这美景，到店里住一宿，本来也值得，不过我对于晓风残月一类的景物素来不大喜爱。我爱月在黑夜里所显的光明。晓月只有垂死的光，想来是很凄凉的。还是回家罢。

我们不从原路去，就在拱北城外分道。刘先生沿着旧河床，向北回海甸去。我捡了几块石头，向着八里庄那条路走。进到阜城门，望见北海的白塔已经成为一个剪影贴在洒银的暗蓝纸上。

窥园先生诗传

　　华人移居台湾最早的，据日本所传，有秦始皇二十八年徐福率童男女移住夷州和亶州的事情。夷州是台湾；亶州是小吕宋。自秦以后，汉的东鳀，隋的琉球、掖玖，唐的流鬼、澎湖，元的琉求、澎湖、波罗公，都是指台湾而言，但历代移民的有无，则不得而知。唐元和间，施肩吾有咏澎湖的诗，为澎湖见于文艺的第一次。有人说施肩吾率领家人移住澎湖，确与不确，也无从证明。宋元以来，闽粤人渡海移居台湾的渐多。明初因为防御海盗和倭寇，曾令本岛居民悉移漳泉二州，但居留人数并未见得减少。当嘉靖四十二年，俞大猷追海盗入台湾以前，七鲲身、鹿耳门沿岸的华民已经聚成村落。这些从中国大陆到台湾的移民，大概可以分为五种：一是海盗，二是渔产，三是贾客，四是规避重敛的平民，五是海盗或倭寇的俘虏。嘉靖中从广东揭阳移到赤嵌（台南）居住的许超便是窥园先生的入台一世祖。这家的职业，因为旧家谱于清道光年间毁掉，新谱并未载明，故不得而知。从家庭的传说，知道一世祖是蒙塾的师父。若依上头移民的种类看来，他或者是属于第四或第五种人。自荷兰人占据以后，名台湾为丽都岛（花摩娑），称赤嵌为毗舍那（或作毗舍耶），建城筑堡，辟港刊林，政治规模略具，人民生活渐饶。许氏一家，自移殖以来到清嘉庆年间，宗族还未分居，并且各有职业。窥园先生的祖父永喜公是个秀才，因为兄弟们都从事生产，自己便教育几个学生，过他的书生生活。他前后三娶，生子八人。子侄们，除廷乐公业农，特斋公（讳延璋）业儒以外，其余都是商人。道光中叶，许家兄弟共同经营了四间商店，是金珠、布匹、鞋帽和鸦片烟馆。不幸一夜的大火把那几间店子烧得精光，连家谱地契都毁掉。家产荡尽，兄弟们才闹分居。特斋公因此分得西定坊武馆街火烬余的鞋店为业。咸丰五年十月初五日，特斋公在那破屋里得窥园先生。因为那间房子既不宜居住，更不宜做学塾的用处，在先生六岁时候，特斋公便将武馆街旧居卖掉，另置南门里延平郡王祠边马公庙住宅，建学舍数楹。舍后空地数亩，任草木自然滋长，名为窥园，取董子下帷讲诵，三年不窥园的意思。特斋公自在宅中开馆授徒，不久便谢世，遗下窥园给他的四个儿子。

窥园先生讳南英，号蕴白或允白。窥园主人，留发头陀，龙马书生，毗舍耶客，春江冷宦，都是他的自号。自特斋公殁后，家计专仗少数田产，蓝太恭人善于调度，十数年来，诸子的学费都由她一人支持。先生排行第三，十九岁时，伯兄梓修公为台湾府吏，仲兄炳耀公在大穆降办盐务，以所入助家用。因为兄弟们都已成人，家用日绌，先生也想跟他二兄学卖盐去。谢宪章先生力劝他勉强继续求学，于是先生又跟谢先生受业。先生所往来的都是当时教大馆的塾师，学问因此大进。吴樵山先生也是在这几年间认识的。当时在台湾城教学的前辈对于先生的品格学问都很推许。二十四岁，先生被聘去教家塾，不久，自己又在窥园里设一个学塾，名为闻樨学舍。当时最常往来的亲友是吴樵山（子云）、陈卜五、王泳翔、施云舫（士洁）、丘仙根（逢甲）、汪杏泉（春源）、陈省三（望曾）、陈梧冈（日翔）诸先生。他的诗人生活也是从这个时候起。

自二十四到三十五岁，先生都以教学为业。光绪丙戌初到北京会试，因对策陈述国家危机所在，文章过于伤感，考官不敢录取。已丑再赴试，又因评论政治得失被放。隔年，中恩科会魁，授兵部车驾清吏司主事职。先生的志向本不在做官，只望成了名，可以在本乡服役。他对于台湾的风物知道很多，绅民对他也很有信仰，所以在十二月间他便回籍服役。

先生二十三岁时，遵吴樵山先生的遗嘱，聘他的第三女（讳慎），越三年，完婚。夫妇感情，直到命终，极其融洽。在三十三岁左右，偶然认识台南一个歌伎吴湘玉，由怜生爱，屡想为她脱籍。两年后，经过许多困难，至终商定纳她为妾，湘玉喜过度，不久便得病。她的母亲要等她痊愈才肯嫁她。在抑郁着急的心境中，使她病加剧，因而夭折。她死后，先生将遗骸葬在荔支宅。湘玉的母亲感激他的情谊，便将死者的婢女吴逊送给他。他并不爱恋那女子，只为湘玉的缘故收留她。本集里的情词多半是怀念湘玉的作品。

台湾于光绪十一年改设行省，以原台湾府为台南府，台湾县为安平县。自设省后，所有新政渐逐推行。先生对于新设施都潜心研究。每以为机器、矿务或其他实业都应自己学会了自己办，异族绝靠不住。自庚寅从北京回籍，台南官绅举他管理圣庙乐局事务。安平陈县令聘他做蓬壶书院山长，辞未就，因为他愿意帮助政府办理垦土化番的事业。他每深入番社，山里的番、汉人多认识他。甲午年春，唐巡抚聘他当台湾通志局协修，凡台南府属的沿革风物都由他汇纂。中日开战，省府改台南采访局为团练局，以先生充统领领两营兵。黄海之败，中枢当局以为自改设台湾行省以来，五六年间，所有新政都要经费，不但未见利益，甚且要赔垫许多币金。加以台湾民众向有反清复明的倾向，不易统治，这或者也是决意割让的一个原因。那时人心惶惶，希望政府不放弃台湾，而一些土棍便想乘着官吏与地权交代的机会从中取利。有些唱"跟父也是吃饭，跟母也是吃饭"的论调，意思是归华归日都可以。因此，民主国的建设虽然酝酿着，而人心并未一致。住近番地的汉人与番人又乘机混合起来扰乱，台南附近有刘乌河的叛变。一重溪、菜寮、拔马、锡猴、木冈、南庄、半平桥、八张犁诸社都不安静。先生领兵把匪徒荡平以后，分兵屯防诸社。

乙未三月，中日和约签订。依约第二条，台湾及澎湖群岛都割归日本，台湾绅民反对无效，因是积极筹建民主国，举唐巡抚为大伯理玺天德，以元武旗（蓝地黄虎）为国旗。军民诸政先由刘永福、丘逢甲诸人担任，等议院开后再定国策。那时，先生任筹防局统领，仍然屯兵番社附近诸隘。日本既与我国交换约书于芝罘，遂任桦山资纪为台湾总督，会见我全权李经方于基隆港外，接收全岛及澎湖群岛。七月，基隆失守，唐大伯理玺天德乘德轮船逃厦门，日人遂入台北。当基隆告急时，先生率台南防兵北行，到阿里关，听见台北已失，乃赶回台南。刘永福自己到安平港去布防，令先生守城。先生所领的兵本来不多，攻守都难操胜算，当时人心张皇，意见不一，故城终未关，任人逃避。先生也有意等城内人民避到乡间以后，再请兵固守。八月，嘉义失守，刘永福不愿死战，致书日军求和，且令台南解严，先生只得听命。和议未成，打狗、凤山相继陷，刘永福遂挟兵饷官帑数十万乘德船逃回中国大陆。旧历九月初二日，安平炮台被占，大局已去，丘逢甲也弃职，民主国在实际上已经消灭，城中绅商都不以死守为然，力劝先生解甲。因为兵饷被刘提走，先生便将私蓄现金尽数散给部下。几个弁目把他送出城外。九月初三日，日人入台南。本集里，辛丑所作《无题》便是记当日刘帅逃走和他不能守城的愤恨。又，乙未《寄台南诸友》也是表明他的心迹的作品。

民主国最后根据地台南被占领后，日人悬像编索先生。乡人不得已，乃于九月初五日送先生到安平港，渔人用竹筏载他上轮船。窥园词中《忆旧》是叙这次的事。日人登船搜索了一遍，也没把他认出来。先生到厦门少住，便转向汕头，投宗人子荣、子明二位先生的乡里，距蛇浦不远的桃都。子荣先生劝先生归宗，可惜旧家谱不存，入台一世祖与揭阳宗祠的关系都不得而知，这事只得罢论。子荣昆季又劝先生到南洋去换换生活。先生的旅费都是他们赠与。他们又把先生全家从台湾接到桃都，安置在宗祠边的别庄里。从此以后，先生的子孙便住在中国大陆，其余都留在台湾。

先生在新嘉坡、曼谷诸地漫游，足够两年。囊金荡尽，迫着他上了宦途。但回到兵部当差既不可能，于是"自贬南交为末史"去了。先生到北京投供吏部，自请开去兵部职务，降换广东即用知县，加同知衔。他愿意到广东，一因是祖籍，二因朋友多。又因漳州与潮州比邻，语言风俗多半相同，于是寄籍为龙溪县人。从北京南下，到桃都把家眷带到广州，住药王庙兴隆坊。丁酉戊戌两年中帮广州周知府与番禺裴县令评阅府县试卷。己亥，委随潮州镇总兵黄金福行营到惠潮嘉一带办理清乡事务。庚子，广州陈知府委总校广州府试卷。不久，又委充佛山汾水税关总办，辛丑，由税关调省，充乡试阅卷官。试毕，委署徐闻县知县。这是他当地方官的第一遭。

徐闻在雷州半岛南端，民风淳朴。先生到任后，全县政事，只用一位刑名师爷助理，其余会计钱粮诸事都是自己经理。每旬放告，轻的是偷鸡剪钮，重的也不过是争田赖债。杀人越货，罕有所闻。"讼庭春草荫层层，官长真如退院僧"，实在是当时光景。贵生书院山长杨先生退任，先生改书院为徐闻小学堂，选县中生员入学。邑绅见先生热心办学，乃公聘先生为掌教，每旬三六九日到堂讲经史二时。有清以来，县官兼书院掌教实是罕见。先生时到小学堂，与学生多有接触，因此对于县中人情风俗很能了解。先生每以"生于忧患，死于晏安"警策学生。又说："人当奋勉，寸晷不懈，如耽逸乐，则放僻邪侈，无所不为。到那时候，身心不但没用，并且遗害后世。"他又以为人生无论做大小事，当要有些建树，才对得起社会，"生无建树死嫌迟"也是他常说的话。案头除案卷外，时常放一册白纸本子，如于书中见有可以警发深思德行的文句便抄录在上头，名为补过录，每年完二三百页。可惜三十年米浮家处处，此录丧失几尽，我身边只存一册而已。县衙早已破毁，前任县官假借考棚为公馆，先生又租东邻三官祠为儿辈书房。公余有暇，常到书房和徐展云先生谈话，有时也为儿辈讲国史。先生在徐闻约一年，全县绅民都爱戴他。

光绪二十九年，广东乡试，先生被调入内帘。试毕，复委赴钦州查办重案。回省消差后，大吏以先生善治盗，因阳春阳江连年闹匪，乃命他缓赴三水县本任，调署阳春县知县。到阳春视事，仅六个月，对于匪盗，剿抚兼施，功绩甚著，乃调任阳江军民同知兼办清乡事务。在阳江三年，与阳江游击柯壬贵会剿土匪，屡破贼巢，柯公以功授副将，加提督衔；先生受花翎四品顶戴的赏。阳江新政自光绪三十年由先生渐逐施行，最重要的是遣派东洋留学生造专门人才，改濂溪书院为阳江师范传习所以养成各乡小学教员，创办地方巡警及习艺所。

光绪三十二年秋，改阳江为直隶州，领恩平、阳春二县。七月初五日，习艺所罪犯越狱，劫监仓羁所犯人同逃。那时，先生正下乡公干，柯游击于初五早晨也离城往别处去。所长莫君人虽慈祥，却乏干才，平时对于所中犯人不但未加管束，并且任外人随时到所探望。所中犯人多半是礅犯，徒刑重者不过十五年，因此所长并没想到他们会反监。初五日下午，所中犯人突破狱门，登监视楼，夺守岗狱卒枪械，拥所长出门。游击衙门正在习艺所旁边，逃犯们便拥进去，夺取大堂的枪枝和子弹。过监仓和羁所，复破狱门，迫守卒解放群囚。一时城中秩序大乱，经巡警和同知衙门亲兵力击，匪犯乃由东门逃去，弃置莫君于田间。这事情本应所长及游击负责，因为先生身兼清乡总办，不能常驻城中，照例同知离城，游击便当留守。而柯游击竟于初五早离城，致乱事起时，没人负责援救。初六日，先生自乡间赶回，计逃去重犯数十名，轻罪徒犯一百多名，乃将详情申报上司，对于游击及所长渎职事并未声明。部议开去三水本任，撤职留缉。那时所中还有几十名不愿逃走的囚徒，先生由他们知道逃犯的计划和行径，不出三个月，捕回过半。于是捐复翎顶，回省候委。十二月，委办顺德县清乡事务，随即委解京饷。丙午丁未两年间可以说是先生在宦途上最不得意的时候。他因此自号春江冷宦。从北京回广州，过香港，有人告诉他阳江越狱主犯利亚摩与同伴都在本岛当劳工，劝他请省府移文逮捕归案。先生说："上天有好生之德，我所以追捕逃犯，是怕他们出去仍为盗贼害民。现在他们既然有了职业，当要给他们自新的机会，何必再去捕杀他们呢？况且我已为他们担了处分，不忍再借他们的脂血来坚固自己的职位。任他们自由罢。"

光绪三十三年五月赴三水县任。三年之中，力除秕政。向例各房吏目都在各房办公，时间无定，甚至一件小案，也得迁延时日。先生乃于二堂旁边设县政办公室，每日集诸房吏在室内办公，自己也到室签押。舞弊的事顿减，人民都很愉快。县中巨绅，多有豢养世奴的陋习，先生严禁贩卖人口，且促他们解放群奴，因此与多数绅士不协，办事甚形棘手。县属巨姓械斗，闹出人命，先生秉公办理，两造争献贿赂，皆被严辞谢绝。他一生引为不负国家的两件事，一是除民害，一是不爱钱。《和耐公六十初度》便是他的自白之一。当时左右劝他受两造赂金，既可以求好巨绅，又可以用那笔款去买好缺或过班。贿赂公行三十年来公开的事情。拜门、钻营、馈赠，是官僚升职的唯一途径。先生却恨这些事情，不但不受贿，并且严办说项的人。他做了十几年官，未尝拜过谁的门，也未曾为求差求缺用过一文钱。对于出仕的看法，他并不从富贵着想。他尝说："一个人出仕，不做廊庙宰，当作州县宰。因为廊庙宰亲近朝廷，一国人政容我筹措；州县宰亲近人民，群众利害容我乘除。这两种才是真能为国效劳的宰官。"他既为公事得罪几个巨绅，便想辞职，会授电白县，乃卸事回省。将就新任，而武昌革命军起，一月之间，闽粤响应。先生得漳州友人电召回漳，被举为革命政府民事局长。不久，南北共和，民事局撤消，先生乃退居海澄县属海沧墟，号所居为借沧海居。

住在海沧并非长策，因为先生全家所存现款只剩那用东西向汕头交通银行总办押借的五百元。从前在广州，凡有需要都到子荣先生令嗣梅坡先生行里去通融。在海沧却是举目无亲，他的困难实在难以言喻。陈梧冈先生自授秘鲁使臣后，未赴任，蛰居厦门，因清鼎革，想邀先生落发为僧，或于虎溪岸边筑室隐居。这两事都未成功。梧冈先生不久也谢世了。台湾亲友请先生且回故乡，先生遂带着叔午叔未同行。台南南庄山林尚有一部分是先生的产业。亲友们劝他遣一两个儿子回台入日籍，领回那一大片土地。叔未本有日籍，因为他是庶出，先生不愿将这产业全交在他的手里，但在华诸子又没有一个愿回乡入籍。先生于是放弃南庄山林，将所余分给留台族人，自己仍然回到厦门。在故乡时，日与诗社诸友联吟，住在亲戚吴筱霞先生园中。马公庙窥园前曾赁给日本某会社为宿舍，家人仍住前院，这时因为修筑大道定须拆让。先生还乡，眼见他爱的梅花被移，旧居被夷为平地，窥园一部分让与他人，那又何等伤心呢！

借沦海居地近市集，不宜居住，家人仍移居龙溪县属石美黄氏别庄。先生自台南回国后，境遇越苦，恰巧同年旧友张元奇先生为福建民政长，招先生到福州。张先生意思要任他为西路观察使，他辞不胜任，请任为龙溪县知事。这仍是他"不做廊庙宰当作州县宰"的本旨。他对民国前途很有希望，但不以武力革命为然。这次正式为民国官吏，本想长做下去，无奈官范民风越来越坏，豪绅劣民动借共和名义，牵制地方行政。就任不久，因为禁止私斗和勒拔烟苗事情为当地豪劣所忌，捏词上控先生侵吞公款。先生因请卸职查办。省府查不确，诸豪劣畏罪，来求先生免予追究。先生于谈笑中表示他的大度。从此以后，先生便决计不再从政了。

卸任后，两袖清风，退居漳州东门外管厝巷。诸子中，有些学业还未完成，有些虽能自给，但也不很丰裕。民国四年，林叔臧先生组织诗社，聘先生为社友，月给津贴若干，以此，先生个人生活稍裕，但家境困难仍未减少。故友中有劝他入京投故旧谋差遣的，有劝他回广东去的。当时广东省长某为先生任阳春知县时所招抚的一人。柯参将幕客彭华绚先生在省公署已得要职，函召先生到广州，说省长必能以高位报他。先生对家人说："我最恨食人之报，何况他从前曾在我部属，今日反去向他讨啖饭地，岂不更可耻吗？"至终不去。

民国五年移居大岸顶。四月，因厦门日本领事的邀请，回台参与台湾劝业共进会，复与旧友周旋数月。因游关岭，轻便车出轨，先生受微伤，在台南休养。那时，苏门答拉棉兰城华侨市长张鸿南先生要聘人给他编辑服官三十五年事略，林叔臧先生荐先生到那里去，先生遂于重阳日南航。这样工作预定两年，而报酬若干并未说明。先生每月应支若干，既不便动问，又因只身远行，时念乡里，以此居恒郁郁，每以诗酒自遣。加以三儿学费，次女嫁资都要筹措，一年之间，精神大为沮丧，扶病急将张君事略编就，希望能够带些酬金回国。不料欧战正酣，南海航信无定，间或两月一期。先生候船久，且无所事，越纵饮，因啖水果过多，得痢疾。民国六年，旧历十一月十一日丑时卒于寓所，寿六十三岁。林健人先生及棉兰友人于市外买地数弓把先生的遗骸安葬在那里。

先生生平以梅自况，酷爱梅花，且能为它写照。在他的题画诗中，题自画梅花的诗占五分之三。对人对己并不装道学模样。在台湾时发起崇正社，以崇尚正义为主旨，时时会集于竹溪寺，现在还有许多社友。他的情感真挚，从无虚饰。在本集里，到处可以看出他的深情。生平景仰苏黄，且用"山谷"二字字他的诸子。他对于新学追求甚力，凡当时报章杂志，都用心去读。凡关于政治和世界大势的论文，先生尤有体会的能力。他不怕请教别人，对于外国文字有时问到儿辈。他的诗中用了很多当时的新名词，并且时时流露他对于国家前途的忧虑，足以知道他是个富于时代意识的诗人。

这《留草》是从先生的未定本中编录出来。割台以前的诗词多半散失，现存的都是由先生的记忆重写出来，因而写诗的时间不能断定。本书的次序是比较诗的内容和原稿的先后编成的。还有原稿删掉而编者以为可以存的也重行抄入。原稿残缺，或文句不完的，便不录入。原稿更改或拟改的字句便选用其中编者以为最好的。但删补总计不出十首，仍不失原稿的真面目。在这《留草》里，先生历年所作以壬子年为最多，其次为丙辰年。所作最多为七律，计四百七十五首，其次，七绝三百三十五首，五律一百三十二首，五绝三十八首，五古三十五首，七古二十三首，其他二首，总计一千零三十九首。在《留草》后面附上《窥园词》一卷，计五十九阕。词道，先生自以为非所长，所以存的少。现在所存的词都是先生在民国元年以后从旧日记或草稿中选录的，所以也没有次序。次序也是编者定的。

　　自先生殁后，亲友们便敦促刊行他的诗草。民国九年我回漳州省母，将原稿带上北京来。因为当时所入不丰，不能付印，只抄了一份，将原稿存在三兄敦谷处。民国十五秋，革命军北伐武昌，飞机弹毁敦谷住所，家中一切皆被破坏。事后于瓦砾场中搜出原稿完整如故，我们都非常喜欢。敦谷于十五年冬到上海。在那里，将这全份稿本交给我。这几年来每想精刊全书，可惜限于财力，未能如愿。近因北京濒陷于危，怕原稿化成劫灰，不得已，草率印了五百部。出版的时候，距先生殁已十六年，想起来，真对不起他。这部《留草》的刊行，承柯政和先生许多方面的帮助，应当在这里道谢。

　　作传，在原则上为编者所不主张。但上头的传只为使读者了解诗中的本事与作者的心境而作，并非褒扬先人的行述或哀启，所以前头没有很恭敬的称呼，也没请人"顿首填讳"，后头也不加"泣血稽颡谨述"。至于传中所未举出的，即与诗草内容没有什么关系或诗注中已经详说的事情。读者可以参看先生的《自定年谱》。年谱中的《台湾大事》与《记事》中的存诗统计也是编者加入的。

　　　　　　　　　　　　　民国二十二年六月许赞堃谨识

老鸦咀

女子的服饰

　　人类说是最会求进步的动物，然而对于某种事体发生一个新意见的时候，必定要经过许久的怀疑，或是一番的痛苦，才能够把它实现出来。甚至明知旧模样旧方法的缺点，还不敢"斩钉截铁"地把它改过来咧。好像男女的服饰，本来可以随意改换的。但是有一度的改换，也必费了好些唇舌在理论上做工夫，才肯羞羞缩缩地去试行。所以现在男女的服饰，从形式上看去，却比古时好；如果从实质上看呢？那就和原人的装束差不多了。

　　服饰的改换，大概先从男子起首。古时男女的装束是一样的，后来男女有了分工的趋向，服饰就自然而然地随着换啦。男子的事业越多，他的服饰越复杂，而且改换得快。女子的工作只在家庭里面，而且所做的事与服饰没有直接的关系，所以它的改换也就慢了。我们细细看来，女子的服饰，到底离原人很近。

　　现时女子的服饰，从生理方面看去，不合适的地方很多。她们所谓之改换的，都是从美观上着想。孰不知美要出于自然才有价值，若故意弄成一种不自然的美，那缠脚娘走路的婀娜模样也可以在美学上占位置了。我以为现时女子的事业比往时宽广得多，若还不想去改换她们的服饰，就恐怕不能和事业适应了。

事业与服饰有直接的关系，从哪里可以看得出来呢？比如欧洲在大战以前，女子的服饰差不多没有什么改变。到战事发生以后，好些男子的事业都要请女子帮忙。她们对于某种事业必定不能穿裙去做的，就换穿裤子了；对于某种事业必定不能带长头发去做的，也就剪短了。欧洲的女子在事业上感受了许多不方便，方才把服饰渐渐地改变一点，这也是证明人类对于改换的意见是很不急进的。新社会的男女对于种种事情，都要求一个最合适的方法去改换它。既然知道别人因为受了痛苦才去改换，我们何不先把它改换来避去等等痛苦呢？

在现在的世界里头，男女的服饰是应当一样的。这里头的益处很大，我们先从女子的服饰批评一下，再提那改换的益处罢。我不是说过女子的服饰和原人差不多吗？这是由哪里看出来的呢？

第一样是穿裙。古时的男女没有不穿裙的。现在的女子也少有不穿裙的。穿裙的原故有两种说法：（甲）因为古时没有想出缝裤的方法，只用树叶或是兽皮往身上一围；到发明纺织的时候，还是照老样子做上。（乙）是因为礼仪的束缚。怎么说呢？我们对于过去的事物，很容易把它当作神圣。所以常常将古人平日的行为，拿来当仪式的举动；将古人平日的装饰，拿来当仪式的衣冠。女子平日穿裤子是服装进步的一个现象。偏偏在礼节上就要加上一条裙，那岂不是很无谓吗？

第二样是饰品。女子所用的手镯脚钏指环耳环等等物件，现在的人都想那是美术的安置；其实从历史上看来，这些东西都是以女子当奴隶的大记号，是新女子应当弃绝的。古时希伯来人的风俗，凡奴隶服役到期满以后不愿离开主人的，主人就可以在家神面前把那奴隶的耳朵穿了，为的是表明他已经永久服从那一家。希伯来语"ﾅｾｰｱﾉﾛ"Ne-zem有耳环、鼻环两个意思。人类有时也用鼻环，然而平常都是兽类用的。可见穿耳穿鼻决不是美术的要求，不过是表明一个永久的奴隶的记号便了，至于手镯脚钏更是明而易见的，可以不必说了。有人要问耳环、手镯等物既然是奴隶用的，为什么从古以来这些东西都是用很实的材料去做呢？这可怪不得。人的装束有一分美的要求是不必说的，"披毛戴角编贝文身"，就是美的要求，和手镯、耳环绝不相同的。用贵重的材料去做这些东西大概是在略婚时代以后。那时的女子虽说是由父母择配，然而父母的财产一点也不能带去，父母因为爱子的缘故，只得将贵重的材料去做这些装饰品，一来可以留住那服从的记号，二来可以教子女间接的承受产业。现在的印度人还有类乎这样的举动。印度女子也是不能承受父母的产业的，到要出嫁的时候，父母就用金镑或是银钱给她做装饰。将金钱连起来当饰品，也就没有人敢说那是父母的财产了。印度的新妇满身用"金镑链子"围住，也是和用贵重的材料去做装饰一样。不过印度人的方法妥当而且直接，不像用金银去打首饰的周折便了。

第三样是留发。头上的饰品自然是因为留长头发才有的，如果没有长头发，首饰也就无所附着了。古时的人类和现在的蛮族，男女留发的很多，断发的倒是很少。我想在古时候，男女留长头发是必须的，因为头发和他们的事业有直接的关系。人类起首学扛东西的方法，就是用头颅去顶的（现在好些古国还有这样的光景），他们必要借着头发做垫子。全身的毫毛唯独头发格外地长，也许是由于这个缘故发达而来的。至于当头发做装饰品，还是以后的事。装饰头发的模样非常之多，都是女子被男子征服以后，女子在家里没事做的时节，就多在身体的装饰上用功夫。那些形形色色的髻子辫子都是女子在无聊生活中所结下来的果子。现在有好些爱装饰的女子，梳一个头就要费了大半天的工夫，可不是因为她们的工夫太富裕吗？

由以上三种事情看来，女子要在新社会里头活动，必定先要把她们的服饰改换改换，才能够配得上。不然，必要生出许多障碍来。要改换女子的服饰，先要选定三种要素——

（甲）要合乎生理。缠脚、束腰、结胸、穿耳自然是不合生理的。然而现在还有许多人不曾想到留发也是不合生理的事情。我们想想头颅是何等贵重的东西，岂忍得教它"纳垢藏污"吗？要清洁，短的头发倒是很方便，若是长的呢？那就非常费事了。因为头发积垢，就用油去调整它；油用得越多，越容易收纳尘土。尘土多了，自然会变成"霉菌客栈"，百病的传布也要从那里发生了。

（乙）要便于操作。女子穿裙和留发是很不便于操作的。人越忙越觉得时间短少，现在的女子忙的时候快到了，如果还是一天用了半天的工夫去装饰身体，那么女子的工作可就不能和男子平等了。这又是给反对妇女社会活动的人做口实了。

（丙）要不诱起肉欲。现在女子的服饰常常和色情有直接的关系。有好些女子故意把她们的装束弄得非常妖冶，那还离不开当自己做玩具的倾向。最好就是废除等等有害的文饰，教凡身上的一丝一毫都有真美的价值，绝不是一种"卖淫性的美"就可以咧。

要合乎这三种要素，非得先和男子的服装一样不可，男子的服饰因为职业的缘故，自然是很复杂。若是女子能够做某种事业，就当和做那事业的男子的服饰一样。平常的女子也就可以和平常的男子一样。这种益处：一来可以泯灭性的区别；二来可以除掉等级服从的记号；三来可以节省许多无益的费用；四来可以得着许多有用的光阴。其余的益处还多，我就不往下再说了。总之，女子的服饰是有改换的必要的，要改换非得先和男子一样不可。

男子对于女子改装的怀疑，就是怕女子显出不斯文的模样来。女子自己的怀疑，就是怕难于结婚。其实这两种观念都是因为少人敢放胆去做才能发生的。若是说女子"断发男服"起来就不斯文，请问个个男子都不斯文吗？若说在男子就斯文，在女子就不斯文，那是武断的话，可以不必辩了。至于结婚的问题是很容易解决的。从前鼓励放脚的时候，也是有许多人怀着"大脚就没人要"的鬼胎，现在又怎样啦？若是个个人都要娶改装的女子，那就不怕女子不改装；若是女子都改装，也不怕没人要。

我们要什么样的宗教?

一、宗教是不是普遍的需要?

宗教是社会的产物,由多人多时所形成,并非由个人所创造。宗教的需要,是普遍的,其理由有五:

1.凡宗教必有一特别的理想,这个理想是人类所欲达到,而为人间生活所必要有的。

2.凡宗教全要想解决"人生目的"的问题。

3.凡在宗教团体的人,必用自己的宗教理想,表现于实行上。

4.凡宗教必不满意于现实生活,以现实生活是病害的,不完全的,都是要想法子,去驱除它,或改正它。

5.凡宗教皆栽培、节制、完成人类的欲望,人类欲望大别有三,肉欲(Sensuality)、我欲(Selfishness)、意欲(Willingness)。三种欲望全是人间生活所不能免的。肉欲从肉体种种器官,为感觉发生,感觉不能免除,则肉欲必须存在。于是发生有利有害的两个方面,凡宗教全是试要节制它有害的方面,而栽培发展它有利的方面。在现实的生活之下,我欲是较高的欲望，例如作文作画，必要写出自己的名字，表明是自己的作品，便是由于我欲的缘故。但我欲过强，便成自私，有时也有妨碍，所以宗教要去节制它，而它之一方面，仍要栽培它，完成它，因为个人的人格，也是由我欲造成的。意欲是更高的欲望，可以管理一生的生活。倘若意欲不正就可毁坏一生生活的全体。佛教所谓"心如工画师，善画诸世间"便是表明意志有创造世界的能力。宗教的终极目的是要指导它，发展它，强健它。

由上述的理论，看人生免不了有理想、欲望、病害，故此要向上寻求安康，宗教的感情，于是乎起。可以见宗教的本体，是人生普遍的需要。但是宗教的生长，必须适应环境。所以宗教的适用，必须受空间时间的限制，因时因地而不同。例如：六朝时候的佛教，因政治的关系而发达，可见政治与宗教之关系；又如：在天灾流行的时候，人类朝不保夕，于是就希望超绝的能力，可见天灾与宗教的关系；在国家衰弱的时代，宗教的情操越强，宗教的信仰越烈，可见强弱势力与宗教的关系。所以今晚的讲题"我们要什么样的宗教？"这"我们"是指我们今日中国说的。

二、宗教的领域

许多人不看一看宗教的领域，不知道它有如何的大，所以一提宗教二字，便要唾弃。其实宗教的领域最大，可以说占人生之最大部分。人的行动，若仔细分析，少有不含宗教色彩的。由此广大无边的领域之中，依我的意见，可以为三大国度：巫祝的宗教、恩威的宗教、情理的宗教。

巫祝的宗教全基于过去的经验，其所行全是礼仪的、神圣的、秘密的。不问参与之意义如何，参与者之了解与否。在原始的社会，这是很盛行的。

恩威的宗教，亦多基于经验。重礼节、信条，全以威权吓人，从者有福，违者有祸，使人因慕升天之福，畏入狱之祸，而信服。因此人便立于无限威权之下，不能不信服而持守戒律。

情理的宗教，不专恃恩威的作用，而重慈心与智慧。佛所谓"悲智双修"就是这个意思。其实行，全是依其智慧，情感，而得了解。提高感情，用以打动人的慈悲，提高理智，用以坚定人的意向。使人在不知不觉之间，就实现此悲，此智，于行为上。

此三种教，因时因地而异，其适用之处无绝对的善恶优劣之可言。智慧过低的地方，用情理的宗教，倒会发生病害。反之文化极高的时候，巫祝的宗教也就无所用了。

三、中国现在缺乏的宗教精神

我们对于宗教所缺的精神，总括起来，可得下列的五种。

1.多注重难思的妙法，而轻看易行的要道。人都以为宗教是玄妙的，肤浅便不是宗教。讲宗教，要你越听不懂，越妙。

古来佛教经典，有些伪造梵文，或者直译梵音，以为是圣语不翻，使人不易了解，正是这个缘故。

2.多注重个人的修习，而轻看群众的受持。修道的人，不甚注意传播和发展的事。所以我们宗教态度，是独善的，不是普济的。

3.重视来世的祸福，而忘却现实之受用与享乐。我国人种种宗教行为，多是为求来生之福，免来生之祸，而不知宗教正是使人得现实的享受。

4.只见宗教柔弱方面，而忽略了宗教的刚强方面。反对宗教者，多以下列四项为理由：（甲）以为信仰古来圣人听从他的主张，认他作主，便是认己为奴，在名分上实已小看自己的人格。（乙）信则有福，否则受罚，是崇拜威权，而轻看自由。（丙）个性本应发展，而因宗教之故，每每使人萎退。（丁）已死之人，其智识经验全比现在的人少，宗教崇拜死人，服从其主张，则使人愚拙。这些话，似乎不错。然而人在宇宙，或太阳系之中本来不能算是最好的；就是在地球之上，人类也不能算是最完全的，最自由的。所以我们，于现有之理智以外，要想求得一位更高明的"神"，来服从。神的有无，不是今晚我们所说的问题。但所谓神，不过人类更高理想的表现，人设立他来，作个模范；并不算是怎样专制，或约束人的理性。

5.多注重思维，而少注重实行。以为宗教是超绝现实生活的，所以要主张入定、持斋等事，若是多去活动便不算得宗教。例如：善堂、养老院、孤儿院等设施，本出于儒道作善降祥的思想，而不认为宗教行为；在屋中焰香，默坐，反认为宗教。

以上所说的五项，倘若不错，就是见我们所缺乏的宗教思想和度了。

四、我国今日所需要的宗教

1. 要容易行的。所谓容易行，并不是幼稚的念念阿弥陀佛，画画十字，就算了事。乃是要人在日常生活中，不多费气力，就可以去做的善业。

2. 要群众能修习的宗教。并不为特定的人、特定的事而发生。所以无论智愚，全能受持，才是合适的宗教。一个人坐在屋里苦修行，不是我们需要的。

3. 要道德情操很强的。人的理性，每自有光明的启示，因理智经验，而评判将来的结果。此即自己对于自己道德情操所立的标准；而人的共同的道德标准，则不可不由宗教来供给。

4. 要有科学精神的。或谓宗教与科学不并立，其实不对。科学对于物质的世界，有正确的解释，能与吾人以正确的智识。此正确的智识，正为宗教所需要。必先有正确的智识，然后有正确的信仰。所以宗教，必须容纳科学，且要有科学的精神。

5. 要富有感情的。感情有感力，令人不能不去做。所以感情强，则一切愿望全可成全。在宗教，决不能不重感情，而专重理智。

6. 要有世界性质的。因为人的生活，日趋于大同。人同此心，心同此理。世界上的人心，全有交通的可能，所以宗教，必须是世界的。

7.必注重生活的。旧日宗教，重死后的果报，其实宗教正为生前的受用。宗教不注重生活，就失去其最高的价值。

8.要合于情理的。不能只重恩威，而不重情理。若是不合情理，不论是什么宗教，一律在排除之列。

总之我们今日所需的宗教必要合于中国现在生活的需要。我们中国古代"礼"的宗教既多流弊，近代输入的佛耶两教又多背我们国性的部分，宗教既是社会多年的产物，我们想即时造一个新的宗教也是不可能，所以我们指出现有的一个宗教而说它是最适合中国现在生活的需要是很难的。按耶教近年发展的趋向似甚合于上述的理论。否认或证实不在我今晚讲演的范围。所以我对今天问题的答案是凡不背上述条件的宗教就是我们中国今日所需要的宗教，并且我们所要的宗教不能专为上等社会着想而忘却宗教是一切人所需要的。

宗教的妇女观

——以佛教的态度为主

这个题目是这个讲演会选给兄弟说的。自然，宗教是社会的产物。它里面所有的理论和见解都离不了社会一般的见解。常常有人说，"男子建立了宗教而女子去迷信它"的话，从这个态度看来，宗教的立场显然有男子与女子的两样。这也可以说男女的地位在社会上不同，在宗教上他们也就不能相同。并且宗教制造了许多规律来限制男女的行为。它对于男女态度既有不同的地方，对于男女的观见因而不同，所立的规律也就不同。所以我们讲宗教对于女子的哲学应该注意之点。

第一点是男子的态度，尤其是对于这种问题，男女二种性情不同的现状，是应该注意的。第二点是男女的职业不同。第三点是男女的体格不同。我们可以说第一点是心理上的不同，第二点是经济上的不同，第三点是生理上的不同。所以男女地位的不平等多半是由于这三点不同而生的许多花样。这些，在以前几个演讲里已经有经济学家给我们说得很详细，现在不必细说。

从宗教方面说起来，由这些不同的现象所产生的有三种对于女子的态度。第一是婚姻态度，第二是女子解放问题，第三是女子的职业问题。宗教就是要帮助社会和政府试行解决这些问题的一种理论和机关。但这三种问题在宗教上的解决法和理论不是我现在所要讨论的，也不是今天所要说的问题。我只要把宗教对于女子的态度，宗教的妇女观，略为说明一下。不过在说明的历程上，我们应当把以上之点记住就是了。

我们中国所谓"唯女子与小人为难养也，近之则不逊，远之则怨"（《论语·阳货》），是孔夫子所说的。这话自然不是宗教的话，也不是后来曲解他这话的意思。孔夫子的话不能当作纯粹的宗教教训看。所以这话不能说是中国宗教对于女子的态度是这样。实际上说，除非在哲学上儒家有一种不同的见解，在地位上男女是平等的。"男正位乎内，女正位乎外"，"夫扶，妻齐"，"男女居室，人之大伦"种种说法，都可以看出中国的男女观是对等的，不是差等的。不过这也不是我要讨论的问题，现时暂且不去详究它。

我们现在且看看佛教对于女子的意见。在巴利典小品（Cullavagga）可以看出它对于女人的性格持着怎样的态度。大概宗教对于女人的态度离不了这三样：一样是从女人的性情讲，一样是从女子对于宗教生活的影响讲，一样是从女人的本分讲。我们要明白宗教对于女人的观念，先要记住宗教是男子建立却叫女子去崇拜的一种礼制，所以宗教的立场并不是从女子方面来看女子，是从男子方面说女子应当怎样怎样。

在小品里对于女子的性情说，"女人的本性像鱼在水里头所走的道路一样不可测度，她们是取巧多智的贼，和她们同在一块儿真理就很难找得着"。它的态度是很明白的，跟女人在一块儿，就没有方法可以得着真理。我们再看《智度论》（十四）"风可捉，蛇可触，女心难得实"这句的意思。它说风你可以捉住它，蛇你可以触着它，但是女人的性情你就不能够摸得着的。所以宗教对于女人的性情有一种神秘的见解。实际地说起来这就是没有能透彻了解女人的性情的男子，所以觉得女子的性情很难捉摸。我们中国的俗语也说女人的心像黄蜂尾后的针刺一样阴毒。在《毗奈耶杂事》（七）里头说女人有五过像大黑蛇一样。五样过失便是：瞋、恨、作恶、无恩和刻毒。《增一阿含》（二七）也说女人的本性含有五想欲，就是：不净行、瞋恚、妄语、嫉妒和心不正。《正法念经》（二五）也说女人有三种放逸就是：自恃身色、自恃丈夫和骄慢。《增一阿含》（一二）说佛出世为的是救度女人和救度男子脱离女人的羁绊。女人应被救度，因为她有五难，所谓秽恶、两舌、嫉妒、瞋恚和无返复（见《增一阿含》二七）。所以说"佛不出世时，女人入地狱如春雨雹，著贪欲，睡眠，调戏故。女人朝嫉妒、日中眠、暮贪欲。"又男女的分别便在欲多和欲少上头，故《增一阿含》（三四）说：劫初光音天，欲意多者成女人。《智度论》（七五）说女人著欲故，虽行福，不能得男身，这话的意思是女人要变男人必得先把贪欲弃掉，不然虽积福修好也没用处。佛教以为女人要享受来世的福乐必得先变男身才能达到。

从宗教方面讲，因为女子的性情既然那么坏，她对于宗教生活一定发出许多妨碍。宗教家要找出女人所以能够妨碍男子的宗教生活的根源，除了性情以外，还有天赋给她的美色、美声和美的行动。所以在生理方面，宗教家常持着"女人是不干净的"和女人擅于用她的姿色来迷惑人的态度。《佛所行赞》（四）记佛见庵摩罗女来到，恐怕徒弟们坏了戒行，便对他们说：

"此女极端正，能留行者情。汝等当正念，以慧镇其心。宁在暴虎口，狂夫利剑下，不于女人所，而起爱欲情。女人显姿态，若行、住、坐、卧，乃至画像形，悉表妖冶容，劫夺人善心，如何自不妨？见啼、笑、喜、怒，纵体而垂肩，或散发髻倾，犹尚乱人心。况复饰容仪，以显妙姿颜，庄严隐陋形，诱逛于愚夫。迷乱生恶想，不觉丑秽形，当观无常苦，不净无我所，谛见其真实，灭除贪欲想。"

我们再看《涅槃经》，也是这种态度。它说女色好像妙花干上有毒蛇缠着它。如果有人贪得这个花就被那蛇咬了。"女色者，如妙华茎，毒蛇缠之。贪五欲华，如受蛇螫，堕三恶道"。（《南涅槃经》一二）

在《宝积经》里面也是这种意思。它说女色就好像一个被人打怕了的猪，它不怕死，它看见了粪还要吃，人贪女色也是像猪一样。又好像不要戴金花而戴热铁冠，那是一定要把他的头烧坏了。"女色者，如被怖猪，见粪贪复生；加舍金花鬘，戴热铁"。（《宝积经》九七）这个意思是说女子是迷惑男子的人。还有讲得很明白的，是在佛经里，有一部《大爱道经》（下）说女色就好像锦囊盛着臭屎一样，外边看很好看，里面是要不得的。众生沉在女色好像在粪中的虫一样，整天在粪里生活。佛教最注意的《普贤行》愿品也有这样态度说："众生愚痴迷惑，依女色香醉其心，如粪中虫，乐著粪处。（一七）"所以《智度论》（一四）说："宁以刀剑杀身，也不贪着女色。"又《增一阿含》（四八）也说："宁以火烧铁锥烙眼，不以视色与乱想。"这话是说特别不要亲近女色，女子是能够迷惑人的。这是男子的心理作用。

在《瑜伽论》（五七）里面说女子有八种事情她可以把男子绑起来，第一种是跳舞，第二是唱歌，第三是笑，第四是送一个好看的媚眼给人，第五是美颜或好看的样子，第六是妙触，就是搽粉把身体弄得很滑教人摸着很细滑，第七是奉承，第八是成礼，就是结婚。第八种事情就是女子使男子受捆绑的重要的现象。

在基督教《圣经》里头也有这种意思。头一个死罪的就是夏娃。这样看起来，女人是容易趋于受诱惑或诱惑人的境地。如以在《宝积经》里给女人的定义说女人是众苦之本，是障碍之本，是杀害之本，是系缚之本，是爱恶之本，是怨怼之本，是生育之本。女人为生育的根本，故能使众生受苦，因而造成世界上种种不安的事情。自然，佛教是不赞成生育的，言话以后再替他辩护。如果男子亲近了女人，照《宝积经》（九七）说，就有四种不好处。女子如果被男子所爱，那男子一定是倒霉了，第一因为他很容易亲近恶道，第二就是造成了地狱之本，女人也要入地狱，第三是成就了作恶趣，第四是完满了恶趣的业。

从心理方面看，女人对于宗教生活的妨碍，就是在她的欲望过多，不但她自己难以修行，她并且能够妨害男子。《增一阿含》（二七）说女人有五欲想，所谓生豪贵家，嫁富贵家，使夫从语；多有儿息，和在家独得由己。还有屡见于佛经的，有女人八欲的说法。因为她有八欲，所以不如男子。什么八种呢？她第一有色欲，她喜欢各种的颜色比男子更甚；第二是形貌之欲；第三是威仪之欲；第四是她有姿态之欲，她喜欢装模作样；第五她喜欢说话有言语欲；第六她有音声欲，爱唱歌作乐；第七她有细滑欲爱细滑的东西；第八是人相之欲，喜欢强壮和庄严的身相。看来女人对于世界的欲念欲望比男子多而容易。像英国的俗语说："男子需要的很少，并且不难使他满足，但女人——是可爱的——要她所见一切的东西。（Man wants but little here below, and is not hard to please. But Woman—bless her little heart—Wants everything she sees.）这也含有女子欲望比男子多的意思。

上头所讲都是关于女子心理和生理方面在佛教上的见解。别的宗教差不多也有相同的见解，不过没有像佛教说得这样透彻。佛教对于女子多持鄙薄的态度，但是它并非看轻女人。因为女人的生理与心理在宗教看来是与男子不一样的。男子能够守宗教的规律，如果与女人亲近，他就有把一切的戒律都丢掉的危险。总而言之，在修行上，宗教家不得不呵斥女人。但佛教的呵斥是先斥女人，然后约束自己，这和耶稣所说："看见妇女就动淫念的，这人心里已经与她犯了奸淫了。"（《马太》五：二八）的态度完全不一样。

在经济方面，宗教对于婚姻和妇女解放问题有什么见解和主持什么态度呢？论到这一点我便要看宗教对于女人的本分的态度。也可以说这是宗教对女子经济生活的态度。女子经济独立不过是近世纪的新运动，故并没注意到这一点，以古人的见解为神怪的宗教当然没想到要主张什么，它不过照着流俗所要求的女人本分加入一种神圣的规律而已。现在先拿印度婆罗门教来说说。婆罗门教对于个人过结婚的生活男女都是应该的，在《曼奴法典》（印度古来的法典到现在英国还采用这个法典来作根本的法律）里头说丈夫是妻的主人，等于我们中国所说丈夫是妻子的"所天"的态度一样。妻子不能怠慢丈夫，就是丈夫把他的爱移给别人，她也不能够不爱他。在宗教的圣典里，也这样说，丈夫如果死了，妻子也不能再嫁，最好是跟他一块死，如果她再嫁，她就不能够死后同她前丈夫活在同一个天堂里。所以女人再嫁，将来就不能见她以前的丈夫了。女人不能独立。在印度的法律上，女子没有承继权，丈夫死了她就跟她的最大的儿子过活，与中国"夫死从子"的意思一样。但是我们不能怨《曼奴法典》所讲的，因为它里头也有讲敬重女人的事情。它说，"丈夫如果待他的妻子不好，教妻子不高兴，那圣火一定会灭掉。圣火就是供神的火。假如妻子有时候不喜欢家庭，那么所有的东西都灭亡了。"所以丈夫妻子必要相爱才能成就宗教的本性。佛教的《成具光明定意经》也举出贤女居家二十事所谓：

（1）持戒不毁；

（2）捐妒心；

（3）减镮钏之好；

（4）除脂粉之饰；

（5）无姿态；

（6）衣眼真纯不奢；

（7）育养室内以慈；

（8）奴婢不加楚痛；

（9）摄护孤独，衣食平等；

（10）孝事上，仁接下；

（11）下声下意自责；

（12）谦卑知惭愧；

（13）清净香洁施姑父母，供养三尊师友；

（14）亲疏善恶，无差别相；

（15）一人在私室不念欲；

（16）精一心常在法；

（17）所欲报所尊，然后乃行；

（18）无专心诚身会如正法；

（19）不垣窥有邪念；

（20）坐起言语终不调戏常应法律而无轻失。

波斯是这样主张，男女婚姻都是应该的，男女都可以要求父母在成年的时候给他找一个妻子或是丈夫。在波斯教里头女子嫁了丈夫以后在宗教上所要行的责任是什么呢？她就要像念祈祷文一样每天早晨问她的丈夫九次说，你要我最好干什么事情呢？男子就总说让她施舍做好事等等，她就照样去做，所以每天早晨必得向丈夫说这样相同的话说九次。这是表示妻子尊重丈夫的意思。女人应当时常敬重丈夫。后来的《圣颂》（Gatha）把女人的地位提得很高，女人甚至于有绝对的自由来选择她们所爱的男子。

我们讲婚姻的态度同对于女子的态度不能不看看回教。回教是被人看为看不起女人的宗教，因为回教是主张多妻主义的。但是这个问题，社会学者还有怀疑，到底它是否有利益，还待研究。在回教里女人没有地位，但是自从摩哈默德以来，把亚拉伯女人的地位已经提高了。因为女子在亚拉伯受许多宗教的束缚，社会的束缚，不能自由。在现在的回教国家，像土耳其，埃及，她们的上等女人大多数都能够受教育。回教社会里女人有绝对的自由可以选择她爱的男子。自然在宗教上承认男子可以同时娶四个妻子，她们不是妾，是四个平等妻，不像中国的多妾制度一样。

基督教对于女人的态度有许多地方好像是带罗马色彩的。罗马的女人观整份地搬到基督教来用。罗马的女人虽说是很自由，但是地位很低。就是现在的欧洲女子，都免不了受罗马法律所影响。她们从一般的眼光看来很高。但实际上她们并不比东方女子的地位高到若干程度。在罗马女人被她的丈夫看待像自己的女儿，由丈夫教训她，管束她。但在基督教以前，罗马人对于婚姻的见解却好多了。当时的结婚的定义说："结婚是男女的结合，是生活的完全团体，是在神圣和人间的法律里的连合的共享。"（Marriage is the union of man and woman, complete community of life, jointpar ticipation in divine and human law）所以在《新约圣经》里耶稣也持这种态度。我们看《马太福音》第五章三十二节所讲的，"耶稣说人若休妻就当给她休书。凡休妻的若不是为淫乱的缘故，就叫她作了淫妇了。人若娶了这个被休的妇人也是犯了奸淫了"。所以他看男子同女子都是平等的。男子不应当无故休妻，不应当强迫女子作淫妇，强迫人的也是罪人。《马太》第十九章第三节也是讲："有人问耶稣休妻是对不对？耶稣回答他说：那时起初造人是造一男一女，并且说因此人要离开父母同妻子连合，两人成为一体。所以上帝连合的，人不可分开他。"在《马可福音》里也是这样说。

所以在基督教里面，我们从《新约》可以知道它有两派，一派是耶稣，另一派是耶稣的使徒保罗，保罗是看不起女人的。他说女人在会堂上不能说话，这也许是因为当时的景况的缘故。但是耶稣就不同，他很鼓励女人在社团里活动。在基督教的初期，寡妇很占势力，我们稍微研究教会史便知道。

佛教对于妇女的行为除了上面所说的，我们还有它对于丈夫应当做五件事情来爱他的妻子而妻子也应当做十三件事情来爱她的丈夫的条件。丈夫的五件事情是什么呢？第一是怜爱；

第二是不要轻慢她；第三是给她买衣服穿买装饰品，因为女子是爱装饰的；第四是自在，就是使她在家中可以舒服自在；第五是念妻子的亲人。丈夫对妻子做五件事情可以换得妻子对于他做的十三件。第一妻子要敬重怜爱她的丈夫；第二她应当敬重供养她的丈夫；第三要思念她的丈夫，不可思念别人；第四要主理家事；第五是要服侍丈夫；第六是要赡侍；第七是要受行，就是受丈夫指导做事情；第八是要诚实；第九不禁制门，就是不要阻止丈夫出外；第十要常常赞美她的丈夫；第十一是丈夫在家的时候她要为他铺床，就是他睡的地方，坐的地方，也要为他预备好；第十二是要预备好吃的东西给丈夫吃；第十三是供养沙门和尚，或是为宗教行乞的梵志。所以在宗教里面对于夫妇的态度，都是说明妻子要照丈夫所说的做去，丈夫要怎样做就怎样做。

以上三种宗教的妇女观以外，还有一种不讲理的成见，也可以在此地略为说说。这个成见，在各个宗教里都有，不过在佛教里比较地重一点。《玉耶经》说女人身中有十恶事，所谓：（1）女人初生，父母不喜；（2）养育无滋味；（3）心常畏人；（4）父母恒爱嫁娶；（5）父母生相离别；（6）常畏失夫苦心；（7）产子甚难；（8）小为父母所检录；（9）中为夫所禁制；（10）老为儿所呵。所以《智度论》（二四）说：女人不作轮王，及佛，因为："一切女人皆属男子，不得自在故。"佛经里每说女人不得做五种人物：第一，她不能做佛；第二，不能做转轮王；第三，不能做天帝释；第四，不能做魔

·130·

王；第五，不能做梵天。（《六度集经》六；《五分律》二九；《中阿含》二八；《智度论》二、九；《增一阿含》三八）宗教对于女人的态度多半是根据一般的成见加以系统的解释，现在我们再看看宗教为什么对于女子看不起，看它有什么哲学在里头。凡是宗教的成立都离不了四种的条件。宗教是社会的宣传部，凡是社会有什么意见，它就马上代它去宣传。这四种条件是什么呢？第一对于个人生命的尊重，所以宗教都不要人杀生或是杀人。第二是个人财产的尊重，不要偷东西，如果偷东西是反对社会，所以宗教的见解是要作不偷盗宣传。第三是性的生活的尊重，所以劝人不要奸淫。第四是社会秩序的尊重，劝人服从权威。现在我们要讨论的是第三条件。关于两性问题宗教是怎样呢？严格的规定起来，因为宗教是超世界的，所以它要呵斥女人。但是在宗教里面对于女人的观念有两种看法：第一是信宗教的，所谓居士或信者；第二就是行者，以身修行的人。他不但是信并且去行，照着宗教所规定的生活去过。所以在信者同行者两方面，对于女人的态度，应当有不同的地方。宗教对于女人的态度，在行者是要他离开女人。所以有许多宗教都主张修道者要终身守独身主义，不结婚；或者妻子死后就不再娶。像天主教的神父是永不结婚的，佛教的和尚也是一样。这种态度是宗教普通的现象。在《宝积经》（四四）里说："摄受妻妾女色，即是摄受怨仇，摄受地狱，傍生，鬼趣等。"如果亲近了女人，就常常有冤家在一块来作对，到坠到傍生，或是鬼趣的境地。所以在《正法念经》它说："出家法不近亲属，亲属心著，如火如蛇。"亲属连女人在内，会像火把你烧了，或像蛇把你咬了。若用佛教行者的眼光来看女人，女人就有几种名字。第一是"女衰"，就是女子能够使人衰败；所有衰败之中这个最为重大。第二是"女镵"，就是像把锁一样，把修道者锁得很坚固，使他不能解脱。第三是"女病"，从女子方面可以使人得病，而且是极坏的病。第四是"女贼"，女人是贼，比蛇还难捉住，她偷了男子很宝贵的灵性，她是不可亲近的。所以《智度论》（一四）说，"女镵难解；女病难脱；女贼害人"。宗教所以看不起女人是要叫它的行者保持独身主义，并不叫一般的信者去实行与女人断绝关系。在行者是要他坚持他这样的宗教生活，所以说女人是这样不好。可是在信者方面，宗教还是主张男女过相爱相亲的生活。这种见解并没有什么特别，就是以社会的意见为转移，凡是社会说是好的，它就说好，说不好的，就说不好。它是没有成见的，社会看重女人，它也看重女人。

在纯粹的宗教生活上根据什么原则说女色不好呢？《诃欲经》说，"女色者，世间之枷锁，凡夫恋着，不能自拔。女色者，世间之重患，凡夫困之，至死不免。女色者，世间之衰祸，凡夫遭之，无死不至。"所以《诃欲经》主张离开女人，还说世间有四样是能迷惑人的，第一样是名誉，第二样是财宝，第三样是权力威权，第四样就是女人。《僧祇律》（一）说，"天下可畏，无过女人，败政伤德，靡不由之"。《正法念经》（五四）也说，"妇女如雹，能害善苗"。《善见律》

（一二）也说，"女人是出家人怨家"。《大毗婆娑论》（一）也说，"女是梵行垢"。

在一方面看，我们要原谅宗教，宗教是超人生活，它要行者在生活上做出一种更重要的工作；所以不能叫他过平常的生活。要过宗教的生活，就要牺牲他一切，并没有所要求。所以要牺牲金钱。牺牲名誉。但牺牲性欲是最大的牺牲，因为它是最重要的，性欲所能给的愉快要比一切的愉快大得多。所以牺牲性欲，在宗教行者方面看来，是一种表现牺牲的精神。所以女人是被行者所恢鄙的。这是第一点。第二点，女人是生育之本，尤其是佛教的态度；以为生育是绝对的痛苦。人生若要解脱痛苦就当灭绝生育。生育就连累子孙受孽。因为女人会生育，所以在佛教人恢恶她。当年释迦牟尼的姨母也要出家，释迦牟尼就对她说是她不能出家，因为她是个女人，有许多的欲念，很难得着成就。后来虽然许她出家，可是不能像男人一样享受僧伽的权利。比丘尼要受长老比丘的教训和约束。她也不能公然地讲道。天主教的贞女，也是一样地不能公然在会堂里讲道。尼姑的地位不能同和尚一样，也是因为宗教是男子所有的，女子要过纯粹的宗教生活就得服从男子。印度古时的见解说女人的灵魂还不如一只象的灵魂。又佛教以为女人要先变男子才能够上天或成佛。《大集经》（五）说，"一切菩萨不以女业受身，以神通力，现女身耳"。这是表示菩萨虽也会现女身，但都是由于神通力所化，并不真是女人。《大集经》说的"宝女于无量劫已离女身"的意思也是这样。

宗教的信士，如佛教所谓梵志（Brahmacaring），就是行梵行的人。他一生也不犯奸淫。印度人在他的一生必要过四种或三种生活，第一是梵志时期，第二是居士时期，第三个是隐士时期，第四是乞士时期。自八岁到四十八岁的时候是梵志时代，他要过一种精神的生活，或是宗教的生活，受一个志诚的人来指导他。他在这四十年之中不能亲近女色，如果亲近女色就是非梵行，这个若在佛教里就是犯了婆罗夷罪。过了这个时期，他就可以在两种生活中自由地选择一种，或是做居士（Grihapati），或是做隐士（Vanaprastha），做居士的可以结婚过在家的生活；做隐士就不结婚，独居林中，为灵性上较深的修养。到了老年便可以做乞士（Sanyasin）。第一和第四种是强迫的，凡人在少年时代都得去当梵志，到老年时代去当乞士。

行者对于女人为什么要厌弃？不，与其说厌恶，毋宁说是舍弃。在这里，我们应当注意三点：

第一，如果要过纯粹的宗教生活，必定要舍弃色欲、情爱和一切欲望如名誉、金钱等。行者如不能舍弃这些欲念，他一生就要困在烦恼之中，就不能求上进。一个行者或过纯粹宗教生活的人，最重要的德行便是牺牲，而一切牺牲中，又以色情的牺牲为最难行。自然为利他而牺牲自己的生命，是最大的牺牲，但完成这种功行的时间远不如牺牲色情那么难过和那么多引诱或反悔的机会。所以出家人每说他们割爱出家都为成就众生一切最上的利益的缘故。退一步说，两性生活所给愉快，从肉感上说，是一切的愉快所不能比拟的。能够割爱才能舍弃世间一切物质的受用，如若不能，别的牺牲也不用说了。有爱染，便有一切的顾虑，有顾虑，终归要做色情的奴隶，终不能达到超凡入圣的地步。

第二，要趋避色情发动的机会，自然要去过出家生活。加以修道的人，行者都是要依赖社会来供养他，如果他带着一家人去过宗教生活，在事实上一定很困难，因为他要注意他家里的事情，和担负家庭经济的责任，分心于谋生的事业，是不能修行的。这是属于经济方面，家庭生活对于行者不利之处。而且男女的性情有许多地方是不同的，在共同生活中，难免惹起许多烦恼。宗教是不要人动性动情的，凡是修道的都应该以身作则，情感发动的机会愈少愈好。在家生活很容易动情感，所以从这个立场上看，宗教是反对一个行者，或是牧师神父，去过结婚生活。这是属于性情方面，家庭生活于修行者不利之处。所以不结婚就可以减轻行者经济的担负，也教他爆发情感的机会少。一个人若是要求少，情感的爆发也就少了。

第三，出家可以断绝生育，或减少儿女的担负。在实际方面讲，如果有了妻子就难免会生儿女，有了儿女就要为他们去经营各样活计，因为儿女的缘故必得分心不能安然过他的出世生活。这一点本来也可以当作经济的担负看，但从佛教看来，生育是一种造业，世间既是烦恼和苦痛的巢窟，自己已经受过，为什么还要产生些子女迫他们去受呢？有子女的人自己免不了有相当的痛苦，在子女方面也免不了有相同的感觉。佛教对于这一点，在它的"无生"的教义里头讲得很明白。使女人怀胎已经可以看为一种贪恋世界生活的行为，何况生育子女。

宗教以为男子修行当过独身生活，为的是免去种种的关系。它对于女子的态度也是如此。宗教也承认女人也可以同男子一样地过宗教的生活。如果一个女人嫁了丈夫，她一定受丈夫的束缚，一定不能自由，和非常苦恼。至于生育子女的事情就更不必说了。所以女人出了家，也可以避免许多束缚和灭掉许多烦恼。

出家人为表示他的决心，所以要把他的形貌毁了，像和尚和尼姑都要把头发剃掉是一个显然的例。男子与女子要把容貌毁了然后能够表示修道者的威仪。宗教对于女人的态度总说起来，所以有两种看法。第一是信者的看法，这不过照社会所给宗教的意见，去宣传，它并没有多少成见。第二是对行者的看法。它是要保护行者在修道上不发生很大的障碍，所以说女人是不好的。这都是因为宗教是男子所设立的，在立教的时候，女子运动或女子一切问题都还没发生出来，自然不能不依着社会以为女子应当怎样或应当是怎样去说。宗教没了解女子，乃是在立教时社会没了解女子所致。我们知道社会也是男子的社会，看轻女子的现象是普遍的，不单是宗教的错处。假使现在有产生新宗教的需要与可能，我敢断定地说它对于女子态度一定不像方才所说的，最少也要当她做与男子一样的人格，与男子平等和同工的人。在事实上许多宗教已经把它们轻看女子改过来了。

礼俗与民生

　　礼俗是合礼仪与风俗而言。礼是属于宗教的及仪式的；俗是属于习惯的及经济的。风俗与礼仪乃国家民族的生活习惯所成，不过礼仪比较是强迫的，风俗比较是自由的。风俗的强迫不如道德律那么属于主观的命令；也不如法律那样有客观的威胁，人可以遵从它，也可以违背它。风俗是基于习惯，而此习惯是于群己都有利，而且便于举行和认识。我国古来有"风化""风俗""政俗""礼俗"等名称。风化是自上而下言；风俗是自一社团至一社团言；政俗是合法律与风俗言；礼俗是合道德与风俗言。被定为唐朝的书《刘子·风俗》篇说，"风者气也；俗者习也。土地水泉，气有缓急，声有高下，谓之风焉。人居此地，习以成性，谓之俗焉。风有薄厚，俗有淳浇，明王之化，当称风使之雅；易俗使之正。是以上之化下，亦为之风焉。民习而行，亦为之俗焉……"我国古说以礼俗是和地方环境有密切关系的，地方环境实际上就是经济生活。所以风俗与民生有相因而成的关系。

　　人类和别的动物不同的地方，最显然的是他有语言文字衣冠和礼仪。礼仪是社会的产物，没有社会也就没有礼仪风俗。古代社会几乎整个生活是礼仪风俗捆绑住，所谓礼仪三百，成仪三千，是指示人没有一举一动是不在礼仪与习俗里头。在风俗里最易辨识的是礼仪。它是一种社会公认的行为，用来表示精神的与物质的生活的象征，行为的警告，和危机的克服。不被公认的习惯，便不是风俗，只可算为人的或家族的特殊行为。

生活的象征。所谓生活的象征，意思是我们在生活上有种种方面，如果要在很短的时间把它们都表现出来，那是不可能的。不得已，就得用身体的动作表示出来。如此，有人说，中国人的"作揖"，是种地时候，拿锄头刨土的象征行为。古时两个人相见，彼此的语言不一定相通，但要表示友谊时，使作彼此生活上共同的行为，意思是说，"你要我帮忙种地，我很喜欢效劳"。朋友本有互助的情分，所以这刨土的姿势，便成表现友谊的"作揖"了。又如欧洲人"拉手或顿手"与中国的"把臂"有点相同，不过欧洲的文化是从游牧民族生活发展的，不像中国作揖是从农业文化发展的，拉手是象征赶羊入圈的互助行为。又如，中国的叩头礼，原是表示奴隶对于主人的服从；欧洲的脱帽礼原是武士入到人家，把头盔脱下，表示解除武装，不伤官人的意思。这些都是生活的象征。

行为的警告。依据生活的经验，凡在某种情境上不能做某样事，或得做某样事，于是用一种仪式把它表示出来。好像官吏就职的宣誓典礼，是为警告他在职位时候应尽忠心，不得做辜负民意的事情。又如西洋轮船下水时，要行掷香槟酒瓶礼，据说是不要船上的水手因狂饮而误事的意思。又如古代社会的冠礼，多半是用仪式来表示成年人在社会里应尽的义务，同时警告他不要做那违抗社会或一个失败的人。

危机的克服。人在生活的历程上，有种种危机。如生产的时候，母子的性命都很危险。这危险的境地，当在过得去与过不去之间，便是一个危机。从旧生活要改入新生活的时期，也是一个危机。如社会里成年的男女，在没有结婚的时候，依赖父母家长，一到结婚时候，便要从依赖的生活进入独立的生活，在这个将入未入的境地，也是生活的一个危机。因所要娶要嫁的男女在结合以后，在生活上能否顺利地过下去，是没有把握的。又如家里的主人就是担负一家经济生活的主角，一旦死了，在这主要的生产者过去，新的主要生产者将要接上的时候，也是一个危机。过年过节，是为时间的进行，于生产上有利不利的可能，所以也是一种危机。风俗礼仪由巫术渐次变成，乃至生活方式变迁了，仍然保留着，当作娱乐日，或休息日。

礼俗与民生的关系从上说三点的演进可以知道。生活上最大的四个阶段是生、冠、婚、丧。生产的礼俗现在已渐次消灭了。女人坐月、三朝洗儿、周岁等，因生活形式改变，社会组织更变，知识生活提高，人也不再找这些麻烦了。做生日并不是古礼，是近几百年，官僚富家，借此夸耀及收受礼物的勾当，我想这是应当禁止的。冠礼也早就不行了。在礼仪上，与民生最有关系的是婚礼与丧礼。这两礼原来会有很重的巫术色彩，人试要用巫术把所谓不祥的境遇克服过来。现在拿婚礼来说，照旧时的礼仪，新娘从上头，上轿，乃至三朝回门，层层节节，都有许多禁忌，许多迷信的仪式，如像新娘拿镜子，新郎踏轿门，闹新人等等，都含有巫术在内。说到丧礼，迷信行为更多，因为人怕死鬼，所以披麻，变形，神主所以点主，后来生活进步，便附上种种意义，人因风习也就不问而随着做了。

今天并不是要讲礼俗之起源，只要讲我们应当怎样采用礼仪，使它在生活上有意思而不至于浪费时间、金钱与精神。礼仪与风俗习惯是人人有的，但行者须顾到国民的经济生活。自入民国以来，没工夫顾到制礼作乐，变服剪发，乃成风俗，不知从此例的没顾到国民的经济与工业，以致简单钮扣一项，每年不知向外买入多少，有的矫枉过正，变本加厉，只顾排场，不管自己财力如何，有的甚至全盘采取西礼。要知道民族生存是赖乎本地生活上传统的习惯和理想，如果全盘采用别人的礼仪风俗，无异自己毁灭自己，古人说要灭人国，得先灭人的礼俗，所以婚丧应当保留固有的，如其不便，可从简些。风俗礼仪凡与我生活上没有经验的，可以不必去学人家，像披头纱、拿花把，也于我们没有意义，为何要行呢？至于贺礼，古人对于婚丧在亲友分上，本有助理之分，不过得有用，现在人最没道理的是送人银盾，丧礼的幛，甚至有子送终父母的，也有男用女语女用男语的，最可笑的，有个殡仪，幛上写着"川流不息"！这又是乱用了。丧礼而张灯结彩，大请其客，也是不应该的，婚礼有以"文凭"为嫁妆扛着满街游行的，这也不对。

故生活简单，用钱的机会少，所以一旦有事，要行繁重的仪式，但也得依其人之经济与地位而行，不是随意的。又生产方式变迁，礼俗也当变，如丧礼在街游行，不过是要人知道某人已死，而且是个好人，因城市上人个个那么忙，谁有心读个人的历史呢？礼仪与民生的关系至密切，有时因习俗所驱，有人弄到倾家荡产，故当局者应当提倡合乎国民生活与经济的礼俗，庶几乎不教固有文化沦丧了。

国粹与国学

　　"国粹"这个名词原是不见于经传的。它是在戊戌政变后，当"中学为体，西学为用"的呼声嚷到声嘶力竭的时候所呼出来的一个怪口号。又因为国粹学报的刊行，这名词便广泛地流行起来。编《辞源》的先生们在"国粹"条下写着："一国物质上，精神上，所有之特质。此由国民之特性及土地之情形，历史等，所养成者。"这解释未免太笼统，太不明了。国民的特性、地理的情形、历史的过程，乃至所谓物质上与精神上的特质，也许是产生国粹的条件，未必就是国粹。陆衣言先生在《中华国语大辞典》里解释说，"本国特有的优越的民族精神与文化"，就是国粹。这个比较好一点，不过还是不大明白。在重新解释国粹是什么之前，我们应当先问条件。

　　（一）一个民族所特有的事物不必是国粹。特有的事物无论是生理上的，或心理上的，或地理上的，只能显示那民族的特点，可是这特点，说不定连自己也不欢喜它。假如世间还有一个尾巴的民族，从生理上的特质，使他们的尾巴显出手或脚的功用，因而造成那民族的精神与文化。以后他们有了进化学的知识，知道自己身上的尾巴是连类人猿都没有了的，在知识与运动上也没有用尾巴的必要，他们必会厌恶自己的尾巴，因而试要改变从尾巴产出来的文化。用缺乏碘质的盐，使人现出粗颈的形态，是地理上及病理上的原因。由此颈腺肿的毛病，说话的声音，衣服的样式，甚至思想，都会受影响的。可是我们不能说这特别的事物是一种"粹"，认真说来，却是一种"病"。假如有个民族，个个身上都长了无毒无害的瘿瘤，忽然有个装饰瘿瘤的风气，渐次成为习俗，育为特殊文化，我们也不能用"国粹"的美名来加在这"爱瘿民族"的行为上。

（二）一个民族在久远时代所留下的遗风流俗不必是国粹。民族的遗物如石镞，雷斧；其风俗，如种种特殊的礼仪与好尚，都可以用物质的生活、社会制度，或知识程度来解释它们，并不是绝对神圣，也不必都是优越的。三代尚且不同礼，何况在三代以后的百代万世？那么，从久远时代所留下的遗风流俗，中间也曾经过千变万化，当我们说某种风俗是从远古时代祖先已是如此做到如今的时候，我们只是在感情上觉得是如此，并非理智上真能证明其为必然。我们对于古代事物的爱护并不一定是为"保存国粹"，乃是为知识，为知道自己的过去，和激发我们对于民族的爱情。我们所知与所爱的不必是"粹"，有时甚且是"渣"。古坟里的土俑，在葬时也许是一件不祥不美之物，可是千百年后会有人拿来当作宝贝，把它放在紫檀匣里，在人面前被夸耀起来。这是赛宝行为，不是保存国粹。在旧社会制度底下，一个大人物的丧事必要举行很长时间的仪礼，孝子如果是有官守的，必定要告"丁忧"，在家守三年之丧。现在的社会制度日日在变迁着，生活的压迫越来越重，试问有几个孝子能够真正度他们的"丁忧"日子呢？婚礼的变迁也是很急剧的。这个用不着多说，如到十字街头睁眼看看便知道了。

（三）一个民族所认为美丽的事物不必是国粹。许多人以为民族文化的优越处在多量地创造各种美丽的事物，如雕刻、绘画、诗歌、书法、装饰等。但是美或者有共同的标准，却不能说有绝对的标准的。美的标准寄在那民族对于某事物的形式，具体或悬像的好尚。因好尚而发生感情，因感情的奋激更促成那民族公认他们所以为美的事物应该怎样。现代的中国人大概都不承认缠足是美，但在几十年前，"三寸金莲"是高贵美人的必要条件，所谓"小脚为娘，大脚为婢"，现在还萦回在年辈长些的人们的记忆里。在国人多数承认缠足为美的时候，我们也不能说这事是国粹，因为这所谓"美"，并不是全民族和全人类所能了解或承认的。中国人如没听过欧洲的音乐家歌咏，对于和声固然不了解，甚至对于高音部的女声也会认为像哭丧的声音，毫不觉得有什么趣味。同样地，欧洲人若不了解中国戏台上的歌曲，也会感觉到是看见穿怪样衣服的疯人在那里作不自然的呼嚷。我们尽可以说所谓"国粹"不一定是人人能了解的，但在美的共同标准上最少也得教人可以承认，才够得上说是有资格成为一种"粹"。

从以上三点，我们就可以看出所谓"国粹"必得在特别、久远与美丽之上加上其他的要素。我想来想去，只能假定说：一个民族在物质上、精神上与思想上对于人类，最少是本民族，有过重要的贡献，而这种贡献是继续有功用，继续在发展的，才可以被称为国粹。我们假定的标准是很高的。若是不高，又怎能叫作"粹"呢？一般人所谓国粹，充其量只能说是"俗道"的一个形式（俗道是术语Folk-Ways的翻译，我从前译作"民彝"）。譬如在北平，如要做一个地道的北平人，同时又要合乎北平人所理想的北平人的标准的时候。他必要想到保存北平的"地方粹"，所谓标准北平人少不了的六样——天棚、鱼缸、石榴树、鸟笼、叭狗、大丫头——他必要具备。从一般人心目中的国粹看来，恐怕所"粹"的也像这"北平六粹"，但我只承认它为俗道而已。我们的国粹是很有限的，除了古人的书画与雕刻、丝织品、纸、筷子、豆腐，乃至精神上所寄托的神主等，恐怕不能再数出什么来。但是在这些中间已有几种是动用渐次丧失的了。像神主与丝织品是在趋向到没落的时期，我们是没法保存的。

这样"国粹沦亡"或"国粹有限"的感觉，不但是我个人有，我信得过凡放开眼界，能视察和比较别人的文化的人们都理会得出来。好些年前，我与张君劢先生好几次谈起这个国粹问题。有一次，我说过中国国粹是寄在高度发展的祖先崇拜上，从祖先崇拜可以找出国粹的种种。有一次，张先生很感叹地说："看来中国人只会写字作画而已。"张先生是政论家，他是叹息政治人才的缺乏，士大夫都以清淡雅集相尚，好像大人物必得是大艺术家，以为这就是发扬国光，保存国粹。国粹学报所揭露的是自经典的训注或诗文字画的评论，乃至墓志铭一类的东西，好像所萃的只是这些。"粹"与"学"好像未曾弄清楚，以致现在还有许多人以为"国粹"便是"国学"。近几年来，"保存国粹"的呼声好像又集中在书画诗古文辞一类的努力上；于是国学家，国画家，乃至"科学书法家"，都像负着"神圣使命"，想到外国献宝去。古时候是外国到中国来进宝，现在的情形正是相反，想起来，岂不可痛！更可惜的，是这班保存国粹与发扬国光的文学家及艺术家们不想在既有的成就上继续努力，只会做做假古董，很低能地描三两幅宋元画稿，写四五条苏黄字帖，做一二章毫无内容的诗文古辞，反自诩为一国的优越成就都荟萃在自己身上。但一研究他们的作品，只会令人觉得比起古人有所不及，甚至有所诬蔑，而未曾超越过前人所走的路。"文化人"的最大罪过，制造假古董来欺己欺人是其中之一。

我们应当规定"国粹"该是怎样才能够辨认，哪样应当保存，哪样应当改进或放弃。凡无进步与失功用的带"国"字头的事物，我们都要下功夫做澄清的工作，把渣滓淘汰掉，才能见得到"粹"。从我国往时对于世界文化的最大贡献看来，纸与丝不能不被承认为国粹。可是我们想想我们现在的造纸工业怎样了？我们一年中要向外国购买多量的印刷材料。我们日常所用的文具，试问多少是"国"字头的呢？可怜得很，连书画纸，现在制造的都不如从前。技艺只有退化，还够得上说什么国粹呢！讲到丝，也是过去的了。就便我们能把蚕虫养到一条虫可以吐出三条的丝量，化学的成就，已能使人造丝与乃伦丝夺取天然丝的地位。养蚕文化此后是绝对站不住的了。蚕虫要回到自然界去，蚕茄要到博物院，这在我们生存的期间内一定可以见得着的。

　　讲到精神文化更能令人伤心。现代化的物质生活直接和间接地影响到个个中国人身上。不会说洋话而能吃大菜、穿洋服、行洋礼的固不足为奇，连那仅能维系中国文化的宗族社会（这与宗法社会有点不同），因为生活的压迫，也渐渐消失了，虽然有些地方还能保存着多少形式，但它的精神已经不是那么一回事了。割股疗亲的事固然现在没人鼓励，纵然有，也不会被认为合理。所以精神文化不是简单地复现祖先所曾做，曾以为是天经地义的事，必得有个理性来维系它，批评它，才可以。民族所遗留下来的好精神，若离开理智的指导，结果必流入虚伪和夸张。古时没有报纸，交通方法也不完备，如须"俾众周知"的事，在文书的布告所不能用时，除掉举行大典礼、大宴会以外，没有更简便的方法。所以一个大人物的殡仪或婚礼，非得铺张扬厉不可。现在的人见闻广了，生活方式繁杂了，时间宝贵了，长时间的礼仪固然是浪费，就是在大街上吹吹打打，做着夸大的自我宣传，也没有人理会了。所谓遵守古礼的丧家，就此地说，雇了一班擦脂荡粉的尼姑来拜忏，到冥衣库去定做纸洋房、纸汽车乃至纸飞机；在丧期里，聚起亲朋大赌大吃，鼓乐喧天，夜以继日。试问这是保存国粹么？这简直是民族文化的渣滓，沉淀在知识落后与理智昏愦的社会里。在香港湾仔市场边，一到黄昏后，每见许多女人在那里"集团叫惊"，这也是文化的沉淀现象。有现代的治病方法，她们不会去用，偏要去用那无利益的俗道。评定一个地方的文化高低不在看那里的社会能够保存多少样国粹，只要看他们保留了多少外国的与本国的国渣便可以知道。屈原时代的楚国，在他看是醉了的，我们当前的中国在我看是疯了。疯狂是行为与思想回到祖先的不合理的生活，无系统的思想与无意识的行为的状态。疯狂的人没有批评自己的悟性，没有解决问题的能力，从天才说，他也许是个很好的艺术家或思想家，但决不是文化的保存者或创造者。

要清除文化的渣滓不能以感情或意气用事，须要用冷静的头脑去仔细评量我们民族的文化遗产。假如我们发现我们的文化是陈腐了，我们也不应当为它隐讳，愣说我们所有的一切都是优越的。好的固然要留，不好的就应当改进。翻造古人的遗物是极大的罪恶，如果我们认识这一点，才配谈保存国粹。国粹在许多进步的国家中也是很讲究的，不过他们不说是"粹"，只说是"国家的承继物"或"国家的遗产"而已（这两个辞的英文是National Inheritance, 及Legacy of the Nation）。文化学家把一国优越的遗制与思想述说出来给后辈的国民知道，目的并不在"赛宝"或"献宝"，像我们目前许多国粹保存家所做的，只是要把祖先的好的故事与遗物说出来与拿出来，使他们知道民族过去的成就，刺激他们更加努力向更成功的途程上迈步。

所以知识与辨别是很需要的。如果我们知道唐诗，做诗就十足地仿少陵，拟香山，了解宋画，动笔就得意地摹北苑，法南宫，那有什么用处？纵然所拟的足以乱真，也不如真的好。所以我看这全是渣，全是无生命的尸体，全是有臭味的干屎橛。

我们认识古人的成就和遗留下来的优越事物，目的在温故知新，绝不是要我们守残复古。学术本无所谓新旧，只问其能否适应时代的需要。谈到这里，我们就检讨一下国学的价值与路向了。

钱宾四先生指出现代中国学者"以乱世之人而慕治世之业"，所学的结果便致"内部未能激发个人之真血性，外部未能针对时代之真问题"。这话，在现象方面是千真万确，但在解释方面，我却有些不同意见。我看中国"学术界无创辟新路之志趣与勇气"的原因，是自古以来我们就没有真学术。退一步讲，只有真学术的起头，而无真学术的成就。所谓"通经致用"只是"做官技术"的另一个说法，除了学做官以外，没有学问。做事人才与为学人才未尝被分别出来，"学而优则仕"，显然是鼓励为仕大夫之学。这只是治人之学，谈不到是治事之学，更谈不到是治物之学。现代学问的精神是从治物之学出发的。从自然界各种现象的研究，把一切分出条理而成为各种科学，再用所谓科学方法去治事而成为严密的机构。知识基础既经稳固，社会机构日趋完密，用来对付人，没有不就范的。治人是很难的，人在知识理性之外还有自己的意志，与自己的感情意气，不像实验室里的研究者对付他的研究对象，可以随意处置的。所以如不从治物与治事之学做起，则治人之学必贵因循，仍旧贯，法先王。因循比变法维新来得更有把握，代表高度发展的祖先崇拜的儒家思想，尤其要鼓励这一层。所谓学问，每每是因袭前人而不敢另辟新途。因为新途径的走得通与否，学者本身没有绝对的把握，纵然有，一般人的智慧，知识，乃至感情意气也未必能容忍，倒不如向着那已经有了权证而被承认的康庄大道走去，既不会碰钉，又可以生活得顺利些。这样一来，学问当然看不出是人格的结晶，而只为私人在社会上博名誉，占地位的凭借。被认为有学问的，不管他有的是否真学问或哪一门的知识，便有资格做官。许多为学者写的传记或墓志，如果那文中的主人是未尝出仕的，作者必会做"可惜他未做官，不然必定是个廊庙之器"的感叹，好像一个人生平若没做过官就不算做过人似的。这是"学而优则仕"的理想的恶果。再看一般所谓文学家所做的诗文多是有形式无内容的"社交文艺"，和贵人的诗词，撰死人的墓志，题友朋或友朋所有的书画的签头跋尾。这样地做文辞才真是一种博名誉占地位的凭借。我们没有伟大的文学家，因为好话都给前人说尽了，作者只要写些成语，用些典故，再也没有可用的工夫了。这样情形，不产生"文抄公"与"眷文公"，难道还会笃生天才的文豪，诞降天纵的诗圣么？

学术原不怕分得细密，只问对于某种学术有分得这样细密的必要没有。学术界不能创辟新路，是因没有认识问题，在故纸堆里率尔拿起一两件不成问题而自己以为有趣味的事情便洋洋洒洒地做起"文章"来。学术上的问题不在新旧而在需要，需要是一切学问与发明的基础。如果为学而看不见所需要的在哪里，他所求的便不会发生什么问题，也不会有什么用处。没有问题的学问就是死学问，就是不能创辟新途径的书本知识。没有用处的学问就不算是真学问，只能说是个人趣味，与养金鱼、栽盆景，一样地无关大旨，非人生日用所必需的。学术问题固然由于学者的知识的高低与悟力的大小而生，但在用途上与范围的大小上也有不同。"一只在园里爬行的龟，对于一块小石头便可以成为一个不可克服的障碍物，设计铁道线的工程师，只主要地注意到山谷广狭的轮廓；但对于想着用无线电来联络大西洋的马可尼，他的主要的考虑只是地球的曲度，因为从他的目的看来，地形上种种详细情形是可以被忽视的。"这是我最近在一本关于生物化学的书（W.O.Kermock and P.Eggleton；The Stuff We're of.pp.15—16）里头所谈到的一句话。同一样的交通问题，因为知识与需要的不同便可以相差得那么远。钱先生所举出的"平世"与"乱世"之学的不同点，在前者注重学问本身，后者贵在能造就人才与事业者。其实前者为后者的根本，没有根本，枝干便无从生长出来。我们不必问平世与乱世，只问需要与不需要。如有需要，不妨把学术分门别类，讲到极窄狭处，讲到极精到处；如无所需，就是把问题提出来也嫌他多此一举。一到郊外走走，就看见有许多草木我们连名字都不知道，其中未必没有有用的植物，只因目前我们未感觉需要知道它们，对于它们毫无知识还可以原谅。

如果我们是植物学家，那就有知道它们的需要了。在欧美有一种种草专家，知道用哪种草与哪种草配合着种便可以使草场更显得美观，和耐于践踏，易于管理，冬天还可以用方法教草不黄萎。这种专门学问在目前的中国当然是不需要，因为我们的生活程度还没达到那么高，稻粱还种不好，哪能讲究到草要怎样种呢？天文学是最老的学问，却也是最幼稚的和最新的学术。我们在天文学上的学识缺乏，也是因为我们还没曾需要到那么迫切。对于日中黑点的增减，云气变化的现象，虽然与我们有关系，因为生活方式未发展到与天文学发生密切关系的那步田地，便不觉得它有什么问题，也不觉得有研求的需要了。一旦我们在农业上，航海航空上，物理学上，乃至哲学上，需要涉及天文学的，我们便觉得需要，因为应用到日常生活上，那时，我们就不能说天文学是没有的了。所以不需要就没有学问，没有学问就没有技术。"不需无学，不学无术"我想这八个字应为为学者的金言；但要注意后四个字的新解说是不学问就没有技术，不是骂人的话。

中国学术的支离破碎，一方面是由于"社交学问"的过度讲究，一方面是为学人才的无出路。我所谓社交学问就是钱先生所谓私人在社会博名誉占地位的学问。这样的"学者"对于学问多半没有真兴趣，也不求深入，说起来，样样都懂，门门都通，但一问起来，却只能作皮相之谈。这只能称为"为说说而学问"，还够不上说"为学问而学问"。我们到书坊去看看，太专门的书的滞销，与什么ABC、易知、易通之类的书的格外旺市，便可以理会"讲专门窄狭之学者"太少了。为学人才与做事人才的分不开，弄到学与事都做不好。做事人才只须其人对于所事有基本学识，在操业的进程上随着经验去求改进，从那里也有达到高深学识的可能，但不必个个人都需要如此的。为学人才注重在一般事业上所不能解决或无暇解决的问题的探究。譬电子的探究，数理的追寻，乃至人类与宇宙的来源，是一般事业所谈不到的，若没有为学人才去做工夫，我们的知识是不完备的。欧美各国都有公私方面设立的研究所、学院；予学者以生活上相当的保障。各大学都有"学侣"的制度，使新进的学人能安心从事于学业，在中国呢？要研究学问，除非有钱、有闲，最低限度也得当上大学教授，才可说得上能够为学。在欧美的余剩学者最少还有教会可投；在中国，连大学教授也有吃不饱的忧虑。这样情形，繁难的学术当然研究不起，就是轻可的也得自寻方便，不知不觉地就会跑到所谓国学的途程上。这样的学者，因为吃不饱，身上是贫血的，怎能激发什么"真血性"；因为是温故不知新，知识上也是贫血的，又怎能针对什么"真问题呢"？今日中国学术界的弊在人人以为他可以治国学。为学的方法与目的还未弄清，便想写"不朽之作"，对于时下流行的研究题目，自己一以为有新发现或见解，不管对不对，便武断地写文章。在发掘安阳，发现许多真龟甲文字之后，章太炎老先生还愣说甲骨文都是假的！以章先生的博学多闻还有执着，别人更不足责了。还有，社交学问本来是为社交，做文章是得朋友们给作者一个大拇指看，称赞他几句，所以流行的学术问题他总得猎涉，以资谈助；讨论龟甲文的时候，他也来谈龟甲文，讨论中西文化的潮流高涨时，他也说说中西文化，人家谈佛学，他就吃起斋来，人家称赞中国画，他就来几笔松竹梅，这就是所谓"学风"的坏现象，这就是"社交学问"的特征。

钱先生所说"学者各榜门户，自命传统"，在国学界可以说相当的真。"学有师承"与"家学渊源"是在印板书流行之前，学者不容易看到典籍，谁家有书他们便负笈前去拜门。因为书的钞本不同，解释也随着歧异，随学的徒弟们从师父所得的默记起来或加以疏说，由此互相传授成为一家一派的学问，这就是"师承"所由来。书籍流行不广的时代，家有藏书，自然容易传授给自己的子孙，某家传诗，某家传礼，成为独门学问，拥有的甚可引以为荣，因此为利，婚宦甚至可以占便宜，所以"家学渊源"的金字招牌，在当时是很可以挂得出来的。自印板书流行以后，典籍伸手可得，学问再不能由私家独占，只要有读书的兴趣，便可以多看比一家多至百倍千倍的书，对于从前治一经只凭数卷抄本甚至依于口授乃不能不有抱残守缺的感想。现在的学问是讲不清"师承"的，因为"师"太多了，承谁的为是呢？我在广州曾于韶舞讲习所从龙积之先生学，在随宦学堂受过龙伯纯先生的教，二位都是康有为先生的高足，但我不敢说我师承了康先生的学统。在大学里的洋师父也有许多是直接或间接承传着西洋大学者的学问的，但我也不敢自称为哲姆斯、斯宾塞、柏格森、马克思、慕乐诸位的学裔。在尊师重道的时代，出身要老师推荐，婚姻要问家学，所以为学贵有师承和有渊源，现在的学者是学无常师，他向古今中外乃至自然界求学问，师父只站在指导与介绍知识的地位，不能都像古时当作严君严父看。印板书籍流行以后，聚徒讲学容易，在学问上所需指导的不如在人格上所需熏陶的多，所以自程朱以后，修身养性变为从师授徒的主要目标，格物致知退于次要地位。这一点，我觉得是很重要的。从师若不注意怎样做人的问题，纵然学有师承，也只能得到老师的死的知识，不能得到他的活的能力。我希望讲师承的学者们注意到这一层。

至于学问为个人私利主义，竞求温饱的话，我以为现在还是说得太早。在中国，社交学问除外，以真学问得温饱算起来还是极少数，而且这样的学者多数还是与"洋机关"有关系的。我们看高深学术的书籍的稀罕，以及研究风气的偏颇，便可理会竞求温饱的事实还有重新调查的余地。到外国去出卖中国文化的学者，若非社交的学问家便是新闻事业家。他们当然是为温饱而出卖关于中国的学问的。我们不要把外国人士对于中国文化的了解力估量得太高，他们所要的正是一般社交的学问家与新闻事业家所能供给的。一个多与欧美一般的人士接触的人，每理会到他们所要知道的中国文化不过是像缠足的起源，龙到底是什么动物，姨太太怎样娶法，风水怎样看法之类，只要你有话对他们说，他们便信以为真，便以为你是中国学者。许多人到中国来访这位，问那位，归根只是要买几件古董或几幅旧画。多数人的意向并不在研究中国文化，只在带些中国东西回去可以炫耀于人。在外国批发中国文化的学者，他们的地位是和卖山东蓝绸或汕头抽纱的商人差不多，不过斯文一点而已。

在欧美的学者可以收费讲学，但在中国，不收费的讲学会，来听讲还属寥寥，以学问求温饱简直是不容易谈。这样为学只求得过且过，只要社会承认他是学者，他便拿着这个当敲门砖，管什么人格的结晶与不结晶。这也许是中国学者在社会国家上多不能为国士国师而成为国贼国狗，在学问上多不能成为先觉先知而成为学棍学蠹的一个原因罢。我取的是"衣食足而后知礼义"的看法，所以要说，"得温饱才能讲人格。"中国学术界中许多人正在饥寒线底下挣扎着，要责备他们在人格上有什么好榜样，在学问上有什么新贡献，这要求未免太苛了。还有，得温饱并不见得就是食前方丈，广厦万间，只求学者在生活上有保障，研究材料的供给方便与充足就够了。须知极度满足的生活，也不是有识的学者所追求的。

学术除掉民族特有的经史之外是没有国界的。民族文化与思想的渊源，固然要由本国的经史中寻觅，但我们不能保证新学术绝对可以从其中产生出来。新学术要依学术上的问题的有无，与人间的需要的缓急而产生，决不是无端从天外飞来的。一个民族的文化的高低是看那民族能产生多少有用的知识与人物，而不是历史的久远与经典的充斥。牛津大学每年间所收的新刊图书可以排出几十里长，若说典籍的数量，我们现在更不如人家。钱先生假定自道咸而下，向使中国学术思想乃至政治制度社会风俗在与西洋潮流相接触之前先变成一个样子，则中国人可以立定脚跟，而对此新潮，加以辨认与选择，而分别迎拒与蓄泄。这话也有讨论的必要。我上头讲过现代学问的精神是从治物之学出发的，治物之学也可以说是格物之学，而中国学术一向是被社交学问，社交文艺，最多也不过是做人之学所盘踞，所谓"朴学"不过为少数人所攻治，且不能保证其必为进身之阶。朴学家除掉典章制度的考据而外，还有多少人知道什么格物之学呢？医学是读不成书的人们所入的行；老农老圃之业为孔门弟子所不屑谈；建筑是梓人匠人的事，兵器自来是各人找与自己合适的去用；蚕桑纺织是妇人的本务；这衣、食、住、行、卫五种民族必要的知识，中国学者一向就没曾感觉到应当括入学术的范围，操知识与智慧源泉的纯粹科学更谈不到了。治物之学导源于求生活上安适的享受的理想和试要探求宇宙根源的谜。学者在实验室里用心去想，用手去做，才能有所成就。中国学术岂但与人生分成两截，与时代失却联系，甚至心不应手，因此，多半是纸上谈得好、场上栽筋斗的把戏。不动手做，就不能有新发现，就不能有新学术。假如中国的学术思想乃至政治制度社会风俗会自己变更的话，乾嘉以前有千多年的机会，乾嘉以后也不见得就绝对没有。

日本的维新怎么就能成功，中国的改革怎么就屡次失败呢？化学是从中国道家的炼丹术发展的，怎么在中国本土，会由外丹变成内丹了？对的思想落在不对的实验上，结果是造成神秘的迷信，不能产出利用厚生的学问。医学并不见得不行，可是所谓国医，多半未尝研究过水草里所载的药物，只读两三本汤头歌诀之类便挂起牌来。千年来，我们的医学在生理、药物、病理等学问上曾有什么贡献呢？近年来从事提炼中国药物的也是具有科学知识的西医的功劳。在学问的认识上，中国人还是倾向道家的。道家不重知与行，也不信进步，改革自然是谈不到底。我想乾嘉以后，中国学术纵然会变，也不会变到自己能站得住而能分别迎拒与蓄泄西洋学潮的地步，纵然会，也许会把人家的好处扔掉，把人家的坏处留起来。像明末的西洋教士介绍了科学知识和他们宗教制度，试问我们迎的是什么呢？中华文化，可怜得很，真是一泓死水呀！这话十年前我不这样说，五年前我不忍这样说，最近我真不能不这样说了。不过死水还不是绝可悲的，只要水不涸，还可以想方法增加水量，使之澄清，使之溢出。这工夫要靠学术界的治水者的努力才有希望。世间无不死之人，也无不变的文化，只要做出来的事物合乎国民的需要，能解决民生日用的问题的就是那民族的文化了。

要知道中国现在的境遇的真相和寻求解决中国目前的种种问题，归根还是要从中国历史与其社会组织，经济制度的研究入手。不过研究者必要有世界学术的常识，审慎择别，不可抱着"花子吃死蟹，只只好"的态度。那么，外国那几套把戏自然也能够辨认与选择，不致于随波逐流，终被狂涛怒浪所吞咽，中国学术不进步的原因，文字的障碍也是其中最大的一个。我提出这一点，许多国学大师必定要伸舌头的。但真理自是真理，稍微用冷静的头脑去思维一下便可以看出中国文字问题的严重。我们到现在用的还不是拼音文字，难学难记难速写，想用它来表达思想，非用上几十年的工夫不可。读三五年书，简直等于没读过。许多大学毕业生自从出来做事之后便不去摸书本。他们尚且如此，程度低些的更可知。繁难的文字束缚了思想，限制了读书人，所以中国文化最大的毒害便是自己的文字。一翻古籍便理会几十万言的书已很少见，百万千万言的书更属稀罕了。到现在，不说入学之门的百科全书没有，连一部比较完备的字典都没有。国人不理会这是文化低落的病根，反而自诩为简洁。不知道简洁文字只能表现简单思想，像用来做诗词，写游记是很够的。从前学问的范围有限，用简洁的文体，把许多不应当省掉的字眼省略掉还不觉得意义很晦涩，读者可用自己的理会力来补足文中的意思。现代的科学记载把一个字错放了地位都不成，简省更不用说了。我们的命不加长，而所要知要学的东西太多，如果写作不从时间上节省是不成的。我们自己的文化担负已是够重的了，现在还要担负上欧美的文化，这就是钱先生所谓"两水斗啮"的现象，其实是中国人挣扎于两重文化的压迫底下的现象。欧美的文化，我们不能不担负，欧美人却不必要担负我们的文化，人家可以不学汉文而得所需的知识，我们不学外国文成么？这显然是我们的文化落后所给的刑罚，目前是没法摆脱的。要文化的水平线提高，非得采用易于学习的拼音文字不可。千字课或基本汉字不能解决这个严重问题，因为在学术上与思想表现上是须要创造新字的，如果到了思想繁杂的阶段，几千字终会不够用，结果还是要孳乳出很多很多的方块字。现在有人用"圕"表示"图书馆"，用"簿"表示"博物院"，一个字谈成三个音，若是这类字多起来，中国六书的系统更要出乱子。拼音字的好处在以音达意，不是以形表意，有什么话就写出什么话，直截了当，不用计较某字该省，某句应缩，意思明白，头脑就可以训练得更缜密。虽然拼音文字中如英文法文等还不能算是真正拼音的，但我们须以拼音法则为归依，不是欧美文字为归依。表达思想的工具不好，自然不能很快地使国民的知识提高。人家做十年，我们非得加上五六倍的时间不可。日本维新的成功，好在他们有"假名"，教育普及得快，使他们的文化能追踪欧美。我们一向不理会这一点，因为我们对于汉字有很深切的敬爱，几十年来的拼音字母运动每被学者们所藐视与反对。许多人只看文字是用来做诗写文的，能摇头摆脚哼出百几十字便自以为满足了。改良文字对于这种人固然没有多大的益处，但为学术的进步着想，我们不能那么浪费时间采用难写难记的文字。古人惜寸阴分阴，现代的中国人更应当爱惜丝毫光阴。因为用高速度来成就事物是现代民族生存的必要条件。

德国这次向东方进兵，事实上是以血换油。油是使速度增进的重要材料。不但在战争上，即如在其他事业上，如果着手或成功稍微慢了些，便等于失败。所以人家以一切来换时间，我们现在还想以时间来换一切，这种守株待兔的精神是要不得的。国民智力的低下，中国文字要负很重的责任。智力的高低就是发见问题与解决问题的能力的速度的高低。我以为汉字不改革，则一切都是没有希望的。用文字记载思想本来和用针来缝布成衣服差不多，从前的针一端是针口，另一端是穿线的针鼻。缝纫的人一针一针地做，不觉得不方便。但是缝衣机发明了，许多不需要的劳动不但可以节省而且能很快地缝了许多衣服。缝衣机的成功只在将针鼻移到与针口同在一端上。拼音文字运动也是试要把音与义打成一片。不过要移动一下这"文字的针鼻"，虽然只是分寸的距离，若用的人不了悟，纵然经过千百年也不能成功。旧工具不适于创造新学术，就像旧式的针不能做更快更整齐的衣服一样。有使中国文化被西方民族吸收愿望的先当注意汉字的改革，然后去求学术上的新贡献，光靠残缺的古董此后是卖不出去的。

中国目前的问题，不怕新学术呼不出，也不怕没人去做专门名家之业，所怕的是知识不普及。一般人的常识不足，凡有新来的吃的用的享受的，不管青红皂白，胡乱地赶时髦。读书人变成士大夫，把一般群众放在脑后，不但不肯帮助他们，反而压迫他们。从农村出来的读书人不肯回到农村去，弄到每个村都现出经济与精神破产的现象。在都市的人们，尤其是懂得吹洋号筒的官人贵女们，整个生活都沉在花天酒地里，批评家说他们是在"象牙之塔"里过日子。其实中国哪里来的"象牙之塔"？我所见的都是一幢幢的"牛骨之楼"罢了。我们希望于学术界的是在各部门里加紧努力，要做优等人而不厌恶劣等的温饱，切莫做劣等人而去享受优等的温饱。那么，平世之学与乱世之学就不必加以分别了。现在国内的大学教授，他们的薪俸还不如运输工人所得的多，我们当然不忍说他们是藏身一曲，做着与私人温饱相宜的名山事业。不用说生存上，即如生活上必须的温饱，是谁都有权利要求的。读书人将来会归入劳动阶级，成为"智力劳动者"，要恢复到四民之首的领导地位，除非现在正在膨胀着的资产制度被铲除，恐怕是不容易了。

老鸦咀

　　无论什么艺术作品，选材最难，许多人不明白写文章与绘画一样，擅于描写禽虫的不一定能画山水，擅于描写人物的不一定能写花卉，即如同在山水画的范围内，设色，取景，布局，要各有各的心胸才能显出各的长处，文章也是如此。有许多事情，在甲以为是描写的好材料，在乙便以为不足道，在甲以为能写得非常动情，在乙写来，只是淡淡无奇，这是作者性格所使然，是一个作家首应理会的。

　　穷苦的生活用颜色来描比用文字来写更难，近人许多兴到农村去画什么饥荒、兵灾，看来总觉得他们的艺术手段不够，不能引起观者的同感，有些只顾在色的渲染，有些只顾在画面堆上种种触目惊心的形状，不是失于不美，便是失于过美。过美的，使人觉得那不过是一幅画，不美的便不能引起人的快感，哪能成为艺术作品呢？所以"流民图"一类的作品只是宣传画的一种，不能算为纯正艺术作品。

　　近日上海几位以洋画名家而自诩为擅汉画的大画师、教授，每好作什么英雄独立图、醒狮图、骏马图。"雄鸡一声天下白"之类，借重名流如蔡先生褚先生等，替他们吹嘘，展览会从亚洲开到欧洲，到处招摇，直失画家风格。我在展览会见过的马腿，都很像古时芝拉夫的鸡脚，都像鹤膝，光与体的描画每多错误，不晓得一般高明的鉴赏家何以单单称赏那些，他们画马、画鹰、画公鸡给军人看，借此鼓励鼓励他们，倒也算是画家为国服务的一法，如果说"沙龙"的人都赞为得未曾有的东方画，那就失礼了。

当众挥毫不是很高尚的事，这是走江湖人的伎俩。要人信他的艺术高超，所以得在人前表演一下。打拳卖膏药的在人众围观的时节，所演的从第一代祖师以来都是那一套。我赴过许多"当众挥毫会"，深知某师必画鸟，某师必画鱼，某师必画鸦，样式不过三四，尺寸也不过五六，因为画熟了，几撇几点，一题，便成杰作，那样，要好画，真如煮沙欲其成饭了，古人雅集，兴到偶尔，就现成纸帛一两挥，本不为传，不为博人称赏，故只字点墨，都堪宝贵，今人当众大批制画，伧气满纸，其术或佳，其艺则渺。

画面题识，能免则免，因为字与画无论如何是两样东西，借几句文词来烘托画意，便见作者对于自己艺术未能信赖，要告诉人他画的都是什么，有些自大自满的画家还在纸上题些不相干的话，更是傻头。古代杰作，都无题识，甚至作者的名字都没有。有的也在画面上不相干的地方，如树边石罅，枝下等处淡淡地写个名字，记个年月而已。今人用大字题名题诗词，记跋，用大图章，甚至题占画面十分之七八，我要问观者是来读书还是读画？有题记瘾的画家，不妨将纸分为两部分，一部作画，一部题字，界限分明，才可以保持画面的完整。

近人写文喜用"三部曲"为题，这也是洋八股。为什么一定要"三部"？作者或者也莫名其妙，像"憧憬"是什么意思，我问过许多作者，除了懂日本文的以外，多数不懂，只因人家用开，顺其大意，他们也跟着用起来，用三部曲为题的恐怕也是如此。

论“反新式风花雪月”

　　"新式风花雪月"是我最近听见的新名词。依杨刚先生的见解是说：在"我"字统率下所写的抒情散文，充满了怀乡病的叹息和悲哀，文章的内容不外是故乡的种种，与爸爸、妈妈、爱人、姐姐等。最后是把情绪寄在行云流水和清风明月上头。杨先生要反对这类新型的作品，以为这些都是太空洞，太不着边际，充其量只是风花雪月式的自我娱乐，所以统名之为"新式风花雪月"。这名词如何讲法可由杨先生自己去说，此地不妨拿文艺里的怀乡、个人抒情、堆砌词藻、无病呻吟等，来讨论一下。

　　我先要承认我不是文学家，也不是批评家，只把自己率直的见解来说几句外行话，说得不对，还求大家指教。

　　我以为文艺是讲情感而不是讲办法的。讲办法的是科学，是技术。所以整匹文艺的锦只是从一丝一丝的叹息，怀念，呐喊，愤恨，讥讽等等，组织出来。经验不丰的作者要告诉人他自己的感情与见解，当然要从自己讲起，从故乡出发。故乡也不是一个人的故乡，假如作者真正爱它，他必会不由自主地把它描写出来。作者如能激动读者，使他们想方法怎样去保存那对于故乡的爱，那就算尽了他的任务。杨先生怕的是作者害了乡思病，这固然是应有的远虑。但我要请她放心，因为乡思病也和相思病一样的不容易发作。一说起爱情就害起相思病的男女，那一定是疯人院里的住客。同样地，一说起故乡，什么都是好的，什么都是可恋可爱的，恐怕世间也少有这样的人。他也会不喜欢那只扒满蝇蚋的癞狗，或是隔邻二婶子爱说人闲话的那张嘴，或是住在别处的地主派来收利息的管家罢。在故乡里，他所喜欢的人物有时也会述说尽的。到了说净尽的时候，如果他还要从事于文艺的时候，就不能不去找新的描写对象，他也许会永远不再提起"故乡"，不再提起妈妈姊姊了。不会做文章和没有人生经验的人，他们的世界自然只是自己家里的一厅一室那么狭窄，能够描写故乡的柳丝蝉儿和飞灾横祸的，他们的眼光已是看见了一个稍微大一点的世界了。看来，问题还是在怎样了解故乡的柳丝，蝉儿等等，不一定是值得费工夫去描写，爸爸、妈妈、爱人、姊姊的遭遇也不一定是比别人的遭遇更可叹息，更可悲伤。无病的呻吟固然不对，有病的呻吟也是一样的不应当。永不呻吟的才是最有勇气的。但这不是指着那些麻木没有痛苦感觉的喘气傀儡，因为在他们的头脑里找不出一颗活动的细胞，他们也不会咬着牙龈为弥补境遇上的缺陷而戮力地向前工作。永不呻吟的当是极能忍耐最擅于视察事态的人。他们的笔尖所吐的绝不会和嚼饭来哺人一样恶心，乃如春蚕所吐的锦绣的原料。若是如此，那做成这种原料的柳丝、蝉儿、爸爸、妈妈等，就应当让作者消化在他们的笔尖上头。

其次，关于感情的真伪问题。我以为一个人对于某事有真经验，他对于那事当然会有真感情。未经过战场生活的人，你如要他写炮火是怎样厉害，死伤是何等痛苦，他凭着想象来写，虽然不能写得过真，也许会写得毕肖。这样描写虽没有真经验，却不能说完全没有真感情。所谓文艺本是用描写的手段来引人去理解他们所未经历过的事物，只要读者对作品起了共鸣作用，作者的感情的真伪是不必深究的。实在地说，在文艺上只能论感情的浓淡，不能论感情的真伪，因为伪感情根本就够不上写文艺。感情发表得不得当也可以说虚伪，所以不必是对于风花雪月，就是对于灵、光、铁、血，也可以变做虚伪的呐喊。人对于人事的感情每不如对于自然的感情浓厚，因为后者是比较固定比较恒久的。当他说爱某人某事时，他未必是真爱，他未必敢用发誓来保证他能爱到底。可是他一说爱月亮，因为这爱是片面的，永远是片面的，对方永不会与他有何等空间上、时间上、人事上的冲突，因而他的感情也不容易变化或消失。无情的月对着有情的人，月也会变做有情的了。所忌的是他并不爱月亮，偏要说月亮是多么可爱，而没能把月亮的所以可爱的理由说出来，使读者可以在最低限度上佩服他。撒的谎不圆，就会令人起不快的感想，随着也觉得作者的感情是虚伪的。读书、工作、体验、思索，只可以培养作者的感情，却不一定使他写成充满真情的文章，这里头还有人格修养的条件。从前的文人每多"无行"。所以写出来的纵然是真，也不能动人。至于叙述某生和狐狸精的这样那样，善读文艺的人读过之后，忘却的云自然会把它遮盖了的。

其三，关于作风问题。作风是作者在文心上所走的路和他的表现方法。文艺的进行顺序是从神坛走到人间的饭桌上的。最原始的文艺是祭司巫祝们写给神看或念给神听；后来是君王所豢养的文士写来给英雄、统治者或闲人欣赏；最后才是人写给人看。作风每跟着理想中各等级的读者转变方向。青年作家的作品所以会落在"风花雪月"的型范里的缘故，我想是由于他们所用的表现工具——文字与章法——还是给有闲阶级所用的那一套，无怪他们要堆砌词藻，铺排些在常人饭碗里和饭桌上用不着的材料。他们所写的只希望给生活和经验与他们相同的人们看，而那些人所认识的也只是些中看不中用的词藻。"到民间去"，"上前线去"，只要带一张嘴，一双手，就够了，现在还谈不到带文房四宝。所以要改变作风，须先把话说明白了，把话的内容与涵义使人了解才能够达到目的。会说明白话的人自然擅于认识现实，而具有开条新路让人走的可能力量。话说得不明白才会用到堆砌词藻的方法，使人在五里雾中看神仙，越模糊越秘密。这还是士大夫意识的遗留，是应当摒除的。

怡情文学与养性文学

——序太华烈士编译《硬汉》小说集

文学的种类，依愚见，以为大体上可分为两种：一是怡情文学；二是养性文学。怡情文学是静止的，是在太平时代或在纷乱时代的超现实作品，文章的内容基于想象，美化了男女相悦或英雄事迹，乃至作者自己混进自然，忘掉他的形骸，只求自己欣赏，他人理解与否，在所不问。这样的作品多少含有唯我独尊的气概，作者可以当他的作品为没弦琴，为无孔笛。养性文学就不然，它是活动的，是对于人间种种的不平所发出的轰天雷，作者着实地把人性在受窘压的状态的下怎样挣扎的情形写出来，为的是教读者能把更坚定的性格培养出来。在这电气与煤油时代，人间生活已不像往古那么优游，人们不但要忙着寻求生活的资料，并且要时刻预防着生命被人有意和无意地掠夺。信义公理所维持的理想人生已陷入危险的境地，人们除掉回到穴居生活，再把坚甲披起，把锐牙露出以外，好像没有别的方法。处在这种时势底下，人们的精神的资粮当然不能再是行云流水，没弦琴，无孔笛。这些都教现代的机器与炮弹轰毁了。我们现时实在不是读怡情文学的时候，我们只能读那从这样时代产生出来的养性文学。养性文学的种类也可以分出好几样，其中一样是带汗臭的，一样是带弹腥的。因为这类作品都是切实地描写群众，表现得很朴实，容易了解，所以也可以叫作群众文学。

前人为文以为当如弹没弦琴，要求弦外的妙音，当如吹无孔笛，来赏心中的奥义。这只能被少数人赏识，似乎不是群众养性的资粮。像太华烈士所集译的军事小说《硬汉》等篇，实是唤醒国民求生的法螺。作者从实际经验写来，非是徒托空言来向拥书城的缙绅先生献媚，或守宝库的富豪员外乞怜，乃是指导群众一条为生而奋斗而牺牲的道路。所以这种弹腥文学是爱国爱群的人们的资粮，不是富翁贵人的消遣品。富翁贵人说来也不会欣赏像《硬汉》这一类的作品，因为现代的国家好像与他们无关。没有国家，他们仍可以避到世外桃源去弹没弦琴和吹无孔笛。但是一般的群众呢？国家若是没有了，他们便要立刻变成牛马，供人驱策。所以他们没有工夫去欣赏怡情文学，他们须要培养他们的真性，使他们具有坚如金刚的民族性，虽在任何情境底下，也不致有何等变动。但是群众文学家的任务，不是要将群众的鲁莽言动激励起来，乃是指示他们人类高尚的言动应当怎样，虽然鲁莽不文，也能表出天赋的性情。无论是农夫，或是工人，或是兵士，都可以读像《硬汉》这样的文艺。他们若是当篇中所记的便是他们同伴或他们自己的事情，那就是译者的功德了。

一九三八年十二月香港

蔡孑民先生的著述

认识蔡先生的人们都知道他的学问渊博，人格健全，但总没机会看见一部蔡先生自订的"文存"或"学术论著"之类。

蔡先生到底没写过什么伟大与不朽的论文，可是这个不能说他没有学问。学问在学者身上每显出两种功用：第一是知其所学，终身用它来应世接物；第二是明其所知，努力把它传递给后人。越是有学问的人越能应用他所学的到自己身上。"读圣贤书，所学何事？"正是学者对于学问的第一种功用所发的反问。一个谨于修身、勤于诲人、忠于事国的学者，倒不必有什么可以藏诸名山的著作，更没工夫去做那一般士大夫认为隽美的饾饤文章。他的人格便是他的著作，他的教诲，便是他的著作。试看见蔡先生掌北京大学以后，在他指导之下，近二十年来，全国有多少在各门各类中见地超越与知识深邃的学者与那最高学府没有关系？蔡先生为他的友生们设计，给他们各人有阐明所学与深究所知的机会，这功绩当比自己在各种学问上做些铅椠佣所做的肤浅的文字较为伟大。

蔡先生参加革命运动的时候，个人生活，在经济方面，是非常困难的。那时候，他一面办报，一面译书。因为要避免当时执政者的注意，他曾用"蔡振"的名字来做笔名。译书也不过为糊口计，不尽是传播学问。不过他没有做那比较容易销售的翻译"欧美名家小说"的事业。他早已认定最高的学问在哲学，知识的强敌是迷信，感情与意志所寄托的在美，于是从事于哲学教科书的编译。《哲学大纲》是取材于德国厉希脱尔的哲学导言，泡尔生与冯德二氏的《哲学入门》，和其他参考书编成的。《哲学纲要》是取材于德国文得而班的《哲学入门》编成的。泡尔生《伦理学原理》是据日本蟹江义丸的译本转译的。他又译了日本井上圆了的《妖怪学讲义》，但只有第一卷，其他五卷可惜未译出来。这是一部破除迷信的大著，希望以后有人费些工夫继续译成它。在著作方面可以提出的是《石头记索隐》《教授法原理》《中国伦理学史》《美育实施的方法》及《华工学校讲义》。他的译著多数在商务印书馆出版，因为他的笔墨生涯很早就寄托在那印书馆的编译所里。此外零篇文字，除在新潮社编的《蔡孑民先生言行录》收集以外，二十年来所写的还没有集成，但我们在那本二十年前的集录已经可以看出蔡先生的思想的轮廓。

这里要特别提出来的是附在《言行录》里的《华工学校讲义》。那是为留法的华工写的。那书的内容是《德育讲义》三十篇、《智育讲义》十篇，我们把书中各篇细读一遍，就觉得作者早已理会灌输德育、智育等知识给那没多少机会受完全教育的劳力同胞是救护民族的重要工作。士大夫对于学问所缺的不在知而在行；农工们所急需的只在知，没有智识就容易瞎作胡为，假使能够给他们充分的知识，国家民族的进步当然会加倍地快。我们常感觉得长篇大论，对于劳动的群众是不相宜的。他们不但不能用专心去读一本上万字的书，并且也没工夫去念，所以需要一种几分钟可以读完的简明的小册子。在《华工学校讲义》里，蔡先生所选的题材都非常切用，如合众，合己为群，公众卫生，爱护公物，尽力于公益，勿畏强而侮弱，戒失信，戒狎侮，理信与迷信，自由与放纵，热心与野心，互助与依赖，爱情与淫欲，有恒与保守等都是做成健全公民所需知道的。这书好像没有编完，因为关于智育的只有十篇，而且很不完全。

蔡先生是提倡以美育代宗教的。这是他对于信仰的态度。从他的言论看来，他是主张理信的，他信人间当有永久的和平与真正的康乐。要达到这目的，不能全靠知，还要依赖对于真理的信仰。能知能行，不必有什么高尚的理想，要信其所知的真理与原则，必能引人类达到至善诚心尽力地去实现它，才是真正实行。所以知与行还不难，信理才是最难的事。蔡先生是个高超的理想家，同时又是个坦白的实践家，他的学问只这一点，便可以使景仰他的人们，终生应用。世间没有比这样更伟大、更恒久的学问。

民国一世

——三十年来我国礼俗变迁的简略的回观

转眼又到民国三十年，用古话来说，就是一世了。这一世的经历真比前些世代都重要而更繁多，教大家都感觉是在一个完全不同的世界里生活着。这三十年的政治史，说起来也许会比任何时代都来得复杂。不过政治史只是记载事情发生后的结果，单从这面看是看不透的。我们历来的史家讲政必要连带地讲到风俗，因为风俗是民族的理想与习尚的反映，若不明了这一层，对于政治的进展的观察只能见到皮相。民国一世的政治史，说来虽然教人头痛，但是已经有了好些的著作。在这期间，风俗习尚的变迁好像还没有什么完备的记载，所以在这三十年度开始，我们对于过去二十九年的风尚不妨做一个概略地回观。自然这篇短文不是写风俗史，不过试要把那在政治背后的人民生活与习尚叙述一二而已。

民国的产生是先天不足的。三十年前的人民对于革命的理想与目的多数还在睡里梦里，辛亥年（民国前一年，也是武昌起义的那一年）三月二十九的下午在广州发动的不朽的革命举动，我们当记得，有名字的革命家只牺牲了七十二人！拿全国人民的总数来与这数目一比，简直没法子列出一个好看的算式。那时我是一个中学生。住在离总督衙门后不远的一所房子，满街的人在炸弹声响了不久之后，都嚷着"革命党起事了"！大家争着关铺门，除招牌，甚至什么公馆、寓、第、宅、堂等等红纸门榜也都各自撕下，唯恐来不及。那晚上，大家关起大门，除掉天上的火光与零碎的枪声以外，一点也不见不闻。事平之后，回学堂去，问起来，大家都说没见过革命党，只有两三位住在学堂里的先生告诉我们说有两三个操外省口音、臂缠着白毛巾的青年曾躲在仪器室里。其中有一个人还劝人加入革命党，那位先生没答应他，他就鄙夷地说："蠢才，有便宜米你都不吃……"他的理想只以为革命成功以后，人人都可以有便宜的粮食了，这种革命思想与古代的造反者所说的口号没有什么分别。自然那时有许多青年也读过民族革命的宣传品，但革命的建国方略始终为一般人所没梦想过，连革命党员中间也有许多是不明白他们正在做着什么事情。不到六个月，武昌起义了。这举动似乎与广州革命不相干，但竟然成功了。人民的思想是毫无预备，只混混沌沌地站在革命的旗帜下，不到几个月，居然建立了中华民国。

　　民国成立以后，关于礼俗的改革，最显著的是剪辫、穿西服、用阳历、废叩头等等。剪辫在民国前两三年，广州与香港已渐成为时髦，原因是澳美二洲的华侨和东西留学生回国的很多。他们都是短服（不一定是西装）、剪发、革履，青年学生见了互相仿效，还有当时是军国民主义的教育，学生的制服就是军装。许多人不喜欢把辫子盘过胁下扣在胸前的第一颗钮扣上，都把它剪掉，或只留顶上一排头发，戴军帽时，把辫子盘起来，叫作"半剪"。当时人管没辫子的人们叫作"剪辫仔"或"有辫仔"，稍微客气一点的就叫他们的打扮做"文明装"或"金山文明装"，现在广州与香港的理发师还有些保留着所谓"金山装"的名目的。在民国前三年，我已经是个"剪辫仔"，先父初见我光了头，穿起洋服，结了一条大红领带，虽没生气，却摇着头说："文明不能专在外表上讲。"

广东反正，我们全家搬到福建，寄寓在海澄一个朋友的乡间。那里的人见我们全家的男子，连先父也在内，都没有辫子，都说我们是"革命仔"。乡下人有许多不愿意剪辫，因为依当地风俗，男子若不是当和尚或犯奸就不能把辫子去掉。他们对于革命运动虽然热烈地拥护，但要他们剪掉辫子却有点为难，所以有许多是被人硬剪掉的。有些要在剪掉之后放一串炮仗；有些还要祭过祖先才剪。这不是有所爱于满洲人的装束，前者是杀晦气，后者是本着"身体发肤，受之父母"的教训。你如问为什么剃头就不是"毁伤"，他就说从前是奉旨及父母之命而行的。民国元年，南方沿海的都市有些有女革命军的组织，当时剪发的女子也不少，若不因为女革命军的声誉不好和军政当局的压抑，女子们剪发就不必等到民国十六年以后才成为流行的装扮了。当盛行女子剪发的时候，东三省有位某帅，参观学校，见某女教员剪发，便当她是共产党员，把她枪毙了。她也可以说是为服装而牺牲的不幸者。

讲到衣服的改变，如大礼服、小礼服之类，也许是因为当时当局诸明公都抱"文明先重外表"的见解，没想到我们的纺织工业会因此而吃大亏。我们的布匹的宽度是不宜于裁西装的，结果非要买入人家多量的洋材料不可。单说输入的钮扣一样。若是翻翻民国元年以后海关的黄皮书，就知道那数字在历年的增加是很可怕的了。其他如硬领、领带、小梳子、小镜子等等文明装的零件更可想而知了。女人装束在最初几年没有剧烈的变迁，当时留学东洋回国的女学生很多，因此日本式的髻发、金边小眼镜、小绢伞、手提包成为女子时髦的装饰。后来女学生的装束被旗袍占了势力，一时长的、短的、宽的、窄的，都以旗袍式为标准，裙子渐渐地没人穿了。民国十四五年以后，在上海以伴舞及演电影的职业女子掌握了女子时髦装束的威权，但全部是抄袭外国的，毫无本国风度，直到现在，除掉变态的旗袍以外，几乎辨别不出是中国装了。在服装上，我们的男女多半变了被他人装饰的人形衣架，看不出什么民族性来。

　　衣服直接影响到礼俗，最著的是婚礼。民国初年，男子在功令上必要改装，女子却是仍旧，因此在婚礼上就显出异样来。在福建乡间，我亲见过新郎穿的是戏台上的红生袍，戴的是满镶着小镜子的小生巾，因为依照功令，大礼服与大礼帽全是黑的，穿戴起来，有点丧气。间或有穿戴上的，也得披上红绸，在大高帽上插一金花，甚至在草帽上插花披红，真可谓不伦不类。不久，所谓"文明婚礼"流行了。新娘是由凤冠霞帔改为披头纱和穿民国礼服。头纱在最初有披大红的，后来渐渐由桃红淡红到变为欧式的全白，以致守旧的太婆不愿意，有些说，"看现在的新娘子，未死丈夫先戴孝！"这种风气大概最初是由教会及上海的欧美留学生做起，后来渐渐传染各处。现在在各大都市，甚至礼饼之微也是西装了！什么与我们的礼俗不相干的扔破鞋、分婚糕、度蜜月，件件都学到了。还有，新兴的仪仗中间有军乐队，不管三七二十一胡乱吹打一气。如果新娘是曾在学校毕业的，那就更荣耀了，有时还可以在亲迎的那一天把文凭安置在彩亭里扛着满街游行。

至于丧礼，在这三十年来的变迁却与婚礼不同。从君主政策被推翻了之后，一切的荣典都排不到棺材前，孝子们异想天开，在仪仗里把挽联、祭幛、花圈等等，都给加上去了。讣告在从前是有一定规矩的，身份够不上用家人报丧的就不敢用某宅家人报丧的条子或登广告。但封建思想的遗毒不但还未除净，甚且变本加厉，随便一个小小官吏或稍有积蓄的商人的死丧，也可以自由地设立治丧处，讣告甚至可以印成几厚册，文字比帝制时代实录馆的实录的内容还要多。孝子也给父母送起挽联或祭幛来了。花圈是胡乱地送，不管死者信不信耶稣，有十字架标识的花圈每和陀罗尼经幛放在一起。出殡的仪仗是七乱八糟，讲不上严肃，也显不出哀悼，只可以说是排场热闹而已。穿孝也近乎欧化，除掉乡下人还用旧礼或缠一点白以外，都市人多用黑纱绕臂，有时连什么徽识也没有。三年之丧再也没能维持下去了。

说到称谓，在民国初年，无论是谁，男的都称先生，女的都称女士，后来老爷、大人、夫人、太太、小姐等等旧称呼也渐渐随着帝制复活起来。帝制翻不成，封建时代的称呼反与洋封建的称呼互相翻译，在太太们中间，又自分等第，什么"夫人""太太"都依着丈夫的地位而异其称呼，男方面，什么"先生"，什么"君"，什么"博士"，"硕士"也做成了阶级的分别，这都是封建意识的未被铲除，若长此发展下去，我们就得提防将来也许有"爵爷"、"陛下"等等称呼的流行。个人的名字用外国的如约翰、威灵顿、安妮、莉莉、伊利沙伯之类越来越多，好像没有外国名字就不够文明似的。日常的称如"蜜丝""蜜丝打""累得死""尖头鳗"一类的外国货格外流行，听了有时可以使人犯了脑溢血的病。

一般嗜好，在这二十九年，也可以说有很大的变更。吃的东西，洋货输进来的越多。从礼品上可以看出芝古力糖店抢了海味铺不少的买卖，洋点心铺夺掉茶食店大宗的生意。冰激凌与汽水代替了豆腐花和酸梅汤。俄法大菜甚至有替代满汉全席的气概。赌博比三十年前更普遍化，麻雀牌的流行也同鸦片白面红丸等物一样，大有燎原之势，了得么！

历法的改变固然有许多好处，但农人的生活却非常不便，弄到都市的节令与乡间的互相脱节。都市的商店记得西洋的时节如复活节、耶稣诞等，比记得清明、端午、中秋、重九、冬至等更清楚。一个耶稣诞期，洋货店可以卖出很多洋礼物，十之九是中国人买的，难道国人有十分之九是基督徒么？奴性的盲从，替人家凑热闹，说来很可怜的。

最后讲到教育。这二十九年来因为教育方针屡次地转向，教育经费的屡受政治影响，以致中小学的教育基础极不稳固。自五四运动以后，高等教育与专门学术的研究比较有点成绩，但中小学教育在大体上说来仍是一团糟。尤其是在都市的那班居心骗钱、借口办学的教育家所办的学校，学科不完备，教师资格的不够，且不用说，最坏的是巴结学生，发卖文凭，及其他种种违反教育原则的行为。那班人公然在国旗或宗教的徽帜底下摧残我青年人的身心。这种罪恶是二十九年来许多办学的人们应该忏悔的。我从民国元年到现在未尝离开粉笔生涯，见中小学教育的江河日下，不禁为中国前途捏了一把冷汗。从前是"士农工商"，一入民国，我们就时常听见"军政商学"，后来在"军"上又加上个"党"。从前是"四民"，现在"学"所居的地位是什么，我就不愿意多嘴了。

此地的篇幅不容我多写，我不再往下说了，本来这篇文字是为祝民国三十年的，我所以把我们二十九年来的不满意处说些少出来，使大家反省一下我们的国民精神到底到了什么国去？这个我又不便往下再问，等大家放下报纸闭眼一想得了。民国算是入了壮年的阶段了。过去的二十九年，在政治上、外交上、经济上，乃至思想上，受人操纵的程度比民国未产生以前更深，现在若想自力更生的话，必得努力祛除从前种种愚昧，改革从前种种的过失，力戒懒惰与依赖，发动自己的能力与思想，要这样，新的国运才能日臻于光明。我们不能时刻希求人家时刻之援助，要记得我们是入了壮年时期，是三十岁了，更要记得援助我们的就可以操纵我们呀！若是一个人活到三十岁还要被人"援助"，他真是一个"不长进"的人。我们要建设一个更健全的国家非得有这样的觉悟与愿望不可。愿大家在这第三十年的开始加倍地努力，这样，未来的种种都是有希望的，是生长的，是有幸福的。

商人妇

商人妇

"先生，请用早茶。"这是二等舱的侍者催我起床的声音。我因为昨天上船的时候太过忙碌，身体和精神都十分疲倦，从九点一直睡到早晨七点还没有起床。我一听侍者的招呼，就立刻起来，把早晨应办的事情弄清楚，然后到餐厅去。

那时节餐厅里满坐了旅客。个个在那里喝茶，说闲话：有些预言欧战谁胜谁负的；有些议论袁世凯该不该做皇帝的；有些猜度新加坡印度兵变乱是不是受了印度革命党运动的。那种叽叽咕咕的声音，弄得一个餐厅几乎变成菜市。我不惯听这个，一喝完茶就回到自己的舱里，拿了一本《西青散记》跑到右舷找一个地方坐下，预备和书里的双卿谈心。

我把书打开，正要看时，一位印度妇人携着一个七八岁的孩子来到跟前，和我面对面地坐下。这妇人，我前天在极乐寺放生池边曾见过一次，我也瞧着她上船，在船上也是常常遇见她在左右舷乘凉。我一瞧见她，就动了我的好奇心，因为她的装束虽是印度的，然而行动却不像印度妇人。

我把书搁下，偷眼瞧她，等她回眼过来瞧我的时候，我又装作念书。我好几次是这样办，恐怕她疑我有别的意思，此后就低着头，再也不敢把眼光射在她身上。她在那里信口唱些印度歌给小孩听，那孩子也指东指西问她说话。我听她的回答，无意中又把眼睛射在她脸上。她见我抬起头来，就顾不得和孩子周旋，急急地用闽南土话问我说："这位老叔，你也是要到新加坡去么？"她的口腔很像海澄的乡人，所问的也带着乡人的口气。在说话之间，一字一字慢慢地拼出来，好像初学说话一样。我被她这一问，心里的疑团结得更大，就回答说："我要回厦门去。你曾到过我们那里么？为什么能说我们的话？""呀！我想你瞧我的装束像印度妇女，所以猜疑我不是唐山（华侨叫祖国作唐山）人。我实在告诉你，我家就在鸿渐。"

那孩子瞧见我们用土话对谈，心里奇怪得很，他摇着妇人的膝头，用印度话问道："妈妈，你说的是什么话？他是谁？"也许那孩子从来不曾听过她说这样的话，所以觉得稀奇。我巴不得快点知道她的底蕴，就接着问她："这孩子是你养的么？"她先回答了孩子，然后向我叹一口气说："为什么不是呢！这是我在麻德拉斯养的。"

我们越谈越熟，就把从前的畏缩都除掉。自从她知道我的里居、职业以后，她再也不称我作"老叔"，更转口称我作"先生"。她又把麻德拉斯大概的情形说给我听。我因为她的境遇很稀奇，就请她详详细细地告诉我。她谈得高兴，也就应许了。那时，我才把书收入口袋里，注神听她诉说自己的历史。

我十六岁就嫁给青礁林荫乔为妻。我的丈夫在角尾开糖铺。他回家的时候虽然少，但我们的感情决不因为这样就生疏。我和他过了三四年的日子，从不曾拌过嘴，或闹过什么意见。有一天，他从角尾回来，脸上现出忧闷的容貌。一进门就握着我的手说："惜官（闽俗：长辈称下辈，或同辈的男女彼此相称，常加'官'字在名字之后），我的生意已经倒闭，以后我就不到角尾去啦。"我听了这话，不由得问他："为什么呢？是买卖不好吗？"他说："不是，不是，是我自己弄坏的。这几天那里赌局，有些朋友招我同玩，我起先赢了许多，但是后来都输得精光，甚至连店里的生财家伙，也输给人了……我实在后悔，实在对你不住。"我怔了一会儿，也想不出什么合适的话来安慰他，更不能想出什么话来责备他。

他见我的泪流下来，忙替我擦掉，接着说："唉！你从来不曾在我面前哭过，现在你向我掉泪，简直像熔融的铁珠一滴一滴地滴在我心坎儿上一样。我的难受，实在比你更大。你且不必担忧，我找些资本再做生意就是了。"

当下我们二人面面相觑，在那里静静地坐着。我心里虽有些规劝的话要对他说，但我每将眼光射在他脸上的时候，就觉得他有一种妖魔的能力，不容我说，早就理会了我的意思。我只说："以后可不要再耍钱，要知道赌钱……"

他在家里闲着，差不多有三个月。我所积的钱财倒还够用，所以家计用不着他十分挂虑。我镇日出外借钱做资本，可惜没有人信得过他，以致一文也借不到。他急得无可奈何，就动了过番（闽人说到南洋为过番）的念头。

他要到新加坡去的时候，我为他摒挡一切应用的东西，又拿了一对玉手镯教他到厦门兑来做盘费。他要趁早潮出厦门，所以我们别离的前一夕足足说了一夜的话。第二天早晨，我送他上小船，独自一人走回来，心里非常烦闷，就伏在案上，想着到南洋去的男子多半不想家，不知道他会这样不会。正这样想，蓦然一片急步声达到门前，我认得是他，忙起身开了门，问："是漏了什么东西忘记带去么？"他说："不是，我有一句话忘记告诉你：我到那边的时候，无论做什么事，总得给你来信。若是五六年后我不能回来，你就到那边找我去。"我说："好罢。这也值得你回来叮咛，到时候我必知道应当怎样办的。天不早了，你快上船去罢。"他紧握着我的手，长叹了一声，翻身就出去了。我注目直送到榕荫尽处，瞧他下了长堤，才把小门关上。

我与林荫乔别离那一年，正是二十岁。自他离家以后，只来了两封信，一封说他在新加坡丹让巴葛开杂货店，生意很好。一封说他的事情忙，不能回来。我连年望他回来完聚，只是一年一年的盼望都成虚空了。

邻舍的妇人常劝我到南洋找他去。我一想，我们夫妇离别已经十年，过番找他虽是不便，却强过独自一人在家里挨苦。我把所积的钱财检妥，把房子交给乡里的荣家长管理，就到厦门搭船。

我第一次出洋，自然受不惯风浪的颠簸，好容易到了新加坡。那时节，我心里的喜欢，简直在这辈子里头不曾再遇见。我请人带我到丹让巴葛义和诚去。那时我心里的喜欢更不能用言语来形容。我瞧店里的买卖很热闹，我丈夫这十年间的发达，不用我估量，也就罗列在眼前了。

但是店里的伙计都不认识我，故得对他们说明我是谁和来意。有一位年轻的伙计对我说："头家（闽人称店主为头家）今天没有出来，我领你到住家去罢。"我才知道我丈夫不在店里住，同时我又猜他一定是再娶了，不然，断没有所谓住家的。我在路上就向伙计打听一下，果然不出所料！

人力车转了几个弯，到一所半唐半洋的楼房停住。伙计说："我先进去通知一声。"他撇我在外头，许久才出来对我说："头家早晨出去，到现在还没有回来哪。头家娘请你进去里头等他一会儿，也许他快要回来。"他把我两个包袱——那就是我的行李——一拿在手里，我随着他进去。

我瞧见屋里的陈设十分华丽。那所谓头家娘的，是一个马来妇人，她出来，只向我略略点了一个头。她的模样，据我看来很不恭敬，但是南洋的规矩我不懂得，只得陪她一礼。她头上戴的金刚钻和珠子，身上缀的宝石、金、银，衬着那副黑脸孔，越显出丑陋不堪。

她对我说了几句套话，又叫人递一杯咖啡给我，自己在一边吸烟、嚼槟榔，不大和我攀谈。我想是初会生疏的缘故，所以也不敢多问她的话。不一会儿，嗍嗍的马蹄声从大门直到廊前，我早猜着是我丈夫回来了。我瞧他比十年前胖了许多，肚子也大起来了。他口里含着一支雪茄，手里扶着一根象牙杖，下了车，踏进门来，把帽子挂在架上。见我坐在一边，正要发问，那马来妇人上前向他叽叽咕咕地说了几句。她的话我虽不懂得，但瞧她的神气像有点不对。

我丈夫回头问我说："惜官，你要来的时候，为什么不预先通知一声？是谁叫你来的？"我以为他见我以后，必定要对我说些温存的话，哪里想到反把我诘问起来！当时我把不平的情绪压下，陪笑回答他，说："唉，荫哥，你岂不知道我不会写字么？咱们乡下那位写信的旺师常常给人家写别字，甚至把意思弄错了，因为这样，所以不敢央求他替我写。我又是决意要来找你的，不论迟早总得动身，又何必多费这番工夫呢？你不曾说过五六年后若不回去，我就可以来吗？"我丈夫说："吓！你自己倒会出主意。"他说完，就横横地走进屋里。

我听他所说的话，简直和十年前是两个人。我也不明白其中的缘故：是嫌我年长色衰呢，我觉得比那马来妇人还俊得多；是嫌我德行不好呢，我嫁他那么多年，事事承顺他，从不曾做过越出范围的事。荫哥给我这个闷葫芦，到现在我还猜不透。

他把我安顿在楼下，七八天的工夫不到我屋里，也不和我说话。那马来妇人倒是很殷勤，走来对我说："荫哥这几天因为你的事情很不喜欢。你且宽怀，过几天他就不生气了。晚上有人请咱们去赴席，你且把衣服穿好，我和你一块儿去。"

她这种甘美的语言，叫我把从前猜疑她的心思完全打消。我穿的是湖色布衣，和一条大红绉裙，她一见了，不由得笑起来。

我觉得自己满身村气，心里也有一点惭愧。她说："不要紧，请咱们的不是唐山人，定然不注意你穿的是不是时新的样式。咱们就出门罢。"

马车走了许久，穿过一丛椰林，才到那主人的门口。进门是一个很大的花园，我一面张望，一面随着她到客厅去。那里果然有很奇怪的筵席摆设着。一班女客都是马来人和印度人。她们在那里叽里咕噜地说说笑笑，我丈夫的马来妇人也撇下我去和她们谈话。不一会儿，她和一位妇人出去，我以为她们逛花园去了，所以不大理会。但过了许久的工夫，她们只是不回来，我心急起来，就向在座的女人说："和我来的那位妇人往哪里去？"她们虽能会意，然而所回答的话，我一句也懂不得。

我坐在一个软垫上，心头跳动得很厉害。一个仆人拿了一壶水来，向我指着上面的筵席作势。我瞧见别人洗手，知道这是食前的规矩，也就把手洗了。她们让我入席，我也不知道哪里是我应当坐的地方，就顺着她们指定给我的座位坐下。她们祷告以后，才用手向盘里取自己所要的食品。我头一次掬东西吃，一定是很不自然，她们又教我用指头的方法。我在那里，很怀疑我丈夫的马来妇人不在座，所以无心在筵席上张罗。

筵席撤掉以后，一班客人都笑着向我亲了一下吻就散了。当时我也要跟她们出门，但那主妇叫我等一等。我和那主妇在屋里指手画脚做哑谈，正笑得不可开交，一位五十来岁的印度男子从外头进来。那主妇忙起身向他说了几句话，就和他一同坐下。我在一个生地方遇见生面的男子，自然羞缩到了不得。那男子走到我跟前说："喂，你已是我的人啦。我用钱买你。你住这里好。"他说的虽是唐话，但语格和腔调全是不对的。我听他说把我买过来，不由得恸哭起来。那主妇倒是在身边殷勤地安慰我。那时已是入亥时分，他们教我进里边睡，我只是和衣在厅边坐了一宿，哪里肯依他们的命令！

先生，你听到这里必定要疑我为什么不死。唉！我当时也有这样的思想，但是他们守着我好像囚犯一样，无论什么时候都有人在我身旁。久而久之，我的激烈的情绪过了，不但不愿死，而且要留着这条命往前瞧瞧我的命运到底是怎样的。

买我的人是印度麻德拉斯的回教徒阿户耶。他是一个氆氇商，因为在新加坡发了财，要多娶一个姬妾回乡享福。偏是我的命运不好，趁着这机会就变成他的外国古董。我在新加坡住不上一个月，他就把我带到麻德拉斯去。

阿户耶给我起名叫利亚。他叫我把脚放了，又在我鼻上穿了一个窟窿，戴上一只钻石鼻环。他说照他们的风俗，凡是已嫁的女子都得戴鼻环，因为那是妇人的记号。他又把很好的"克尔塔"（回妇上衣）、"马拉姆"（胸衣）和"埃撒"（裤）教我穿上。从此以后，我就变成一个回回婆子了。

阿户耶有五个妻子，连我就是六个。那五人之中，我和第三妻的感情最好。其余的我很憎恶她们，因为她们欺负我不会说话，又常常戏弄我。我的小脚在她们当中自然是稀罕的，她们虽是不歇地摩挲，我也不怪。最可恨的是她们在阿户耶面前拨弄是非，叫我受委屈。

阿噶利马是阿户耶第三妻的名字，就是我被卖时张罗筵席的那个主妇。她很爱我，常劝我用"撒马"来涂眼眶，用指甲花来涂指甲和手心。回教的妇人每日用这两种东西和我们唐人用脂粉一样。她又教我念孟加里文和亚拉伯文。我想起自己因为不能写信的缘故，致使荫哥有所借口，现在才到这样的地步，所以愿意在这举目无亲的时候用功学习些少文字。她虽然没有什么学问，但当我的教师是绰绰有余的。

我从阿噶利马念了一年，居然会写字了！她告诉我他们教里有一本天书，本不轻易给女人看的，但她以后必要拿那本书来教我。她常对我说："你的命运会那么蹇涩，都是阿拉给你注定的。你不必想家太甚，日后或者有大快乐临到你身上，叫你享受不尽。"这种定命的安慰，在那时节很可以教我的精神活泼一点。

我和阿户耶虽无夫妻的情，却免不了有夫妻的事。哎！我这孩子（她说时把手抚着那孩子的顶上）就是到麻德拉斯的第二年养的。我活了三十多岁才怀孕，那种痛苦为我一生所未经过。幸亏阿噶利马能够体贴我，她常用话安慰我，教我把目前的苦痛忘掉。有一次她瞧我过于难受，就对我说："呀！利亚，你且忍耐着罢。咱们没有无花果树的福分（《可兰经》载阿丹浩挖被天魔阿扎贼来引诱，吃了阿拉所禁的果子，当时他们二人的天衣都化没了。他们觉得赤身的羞耻，就向乐园里的树借叶子围身。各种树木因为他们犯了阿拉的戒命，都不敢借，唯有无花果树瞧他们二人怪可怜的，就慷慨借些叶子给他们。阿拉嘉许无花果树的行为，就赐它不必经过开花和受蜂蝶搅扰的苦而能结果），所以不能免掉怀孕的苦。你若是感得痛苦的时候，可以默默向阿拉求恩，他可怜你，就赐给你平安。"我在临产的前后期，得着她许多的帮助，到现在还是忘不了她的情意。

自我产后，不上四个月，就有一件失意的事教我心里不舒服：那就是和我的好朋友离别。她虽不是死掉，然而她所去的地方，我至终不能知道。阿噶利马为什么离开我呢？说来话长，多半是我害她的。

我们隔壁有一位十八岁的小寡妇名叫哈那，她四岁就守寡了。她母亲苦待她倒罢了，还要说她前生的罪孽深重，非得叫她辛苦，来生就不能超脱。她所吃所穿的都跟不上别人，常常在后园里偷哭。她家的园子和我们的园子只隔一度竹篱，我一听见她哭，或是听见她在那里，就上前和她谈话，有时安慰她，有时给她东西吃，有时送她些少金钱。

阿噶利马起先瞧见我周济那寡妇，很不以为然。我屡次对她说明，在唐山不论什么人都可以受人家的周济，从不分什么教门。她受我的感化，后来对于那寡妇也就发出哀怜的同情。

有一天，阿噶利马拿些银子正从篱间递给哈那，可巧被阿户耶瞥见。他不声不张，蹑步到阿噶利马后头，给她一掌，顺口骂说："小母畜，贱生的母猪，你在这里干什么？"他回到屋里，气得满身哆嗦，指着阿噶利马说："谁教你把钱给那婆罗门妇人？岂不把你自己玷污了吗？你不但玷污了自己，更是玷污我和清真圣典。'马赛拉'（是阿拉禁止的意思）！快把你的'布卡'（面幕）放下来罢。"

我在里头听得清楚，以为骂过就没事。谁知不一会的工夫，阿噶利马珠泪承睫地走进来，对我说："利亚，我们要分离了！"我听这话吓了一跳，忙问道："你说的是什么意思，我听不明白。"她说："你不听见他叫我把'布卡'放下来罢？那就是休我的意思。此刻我就要回娘家去。你不必悲哀，过两天他气平了，总得叫我回来。"那时我一阵心酸，不晓得要用什么话来安慰她，我们抱头哭了一场就分散了。唉！"杀人放火金腰带，修桥整路长大癞"，这两句话实在是人间生活的常例呀！

自从阿噶利马去后，我的凄凉的历书又从"贺春王正月"翻起。那四个女人是与我素无交情的。阿户耶呢，他那副黝黑的脸，猬毛似的胡子，我一见了就憎厌，巴不得他快离开我。我每天的生活就是乳育孩子，此外没有别的事情。我因为阿噶利马的事，吓得连花园也不敢去逛。

过几个月，我的苦生涯快挨尽了！因为阿户耶借着病回他的乐园去了。我从前听见阿噶利马说过：妇人于丈夫死后一百三十日后就得自由，可以随便改嫁。我本欲等到那规定的日子才出去，无奈她们四个人因为我有孩子，在财产上恐怕给我占便宜，所以多方窘迫我。她们的手段，我也不忍说了。

哈那劝我先逃到她姊姊那里。她教我送一点钱财给她的姊夫，就可以得到他们的容留。她姊姊我曾见过，性情也很不错。我一想，逃走也是好的，她们四个人的心肠鬼蜮到极，若是中了她们的暗算，可就不好。哈那的姊夫在亚可特住。我和她约定了，教她找机会通知我。

一星期后，哈那对我说她的母亲到别处去，要夜深才可以回来，教我由篱笆逾越过去。这事本不容易，因事后须得使哈那不至于吃亏。而且篱上界着一行钆线，实在教我难办。我抬头瞧见篱下那棵波罗蜜树有一丫过她那边，那树又是斜着长上去的。我就告诉她，叫她等待人静的时候在树下接应。

原来我的住房有一个小门通到园里。那一晚上，天际只有一点星光，我把自己细软的东西藏在一个口袋里，又多穿了两件衣裳，正要出门，瞧见我的孩子睡在那里。我本不愿意带他同行，只怕他醒时瞧不见我要哭起来，所以暂住一下，把他抱在怀里，让他吸乳。他吸的时节，才实在感得我是他的母亲，他父亲虽与我没有精神上的关系，他却是我养的。况且我去后，他不免要受别人的折磨。我想到这里，不由得双泪直流。因为多带一个孩子，会教我的事情越发难办。我想来想去，还是把他驮起来，低声对他说："你是好孩子，就不要哭，还得乖乖地睡。"幸亏他那时好像理会我的意思，不大作声。我留一封信在床上，说明愿意抛弃我应得的产业和逃走的理由，然后从小门出去。

我一手往后托住孩子，一手拿着口袋，蹑步到波罗蜜树下。我用一条绳子拴住口袋，慢慢地爬上树，到分丫的地方少停一会儿。那时孩子哼了一两声，我用手轻轻地拍着，又摇他几下，再把口袋扯上来，抛过去给哈那接住。我再爬过去，摸着哈那为我预备的绳子，我就紧握着，让身体慢慢坠下来。我的手耐不得摩擦，早已被绳子锉伤了。

我下来之后，谢过哈那，忙忙出门，离哈那的门口不远就是爱德耶河，哈那和我出去雇船，她把话交代清楚就回去了。那舵工是一个老头子，也许听不明白哈那所说的话。他划到塞德必特车站，又替我去买票。我初次搭车，所以不大明白行车的规矩，他叫我上车，我就上去。车开以后，查票人看我的票才知道我搭错了。

车到一个小站，我赶紧下来，意思是要等别辆车搭回去。那时已经夜半，站里的人说上麻德拉斯的车要到早晨才开。不得已就在候车处坐下。我把"马支拉"（回妇外衣）披好，用手支住脑袋假寐，约有三四点钟的工夫。偶一抬头，瞧见很远一点灯光由栅栏之间射来，我赶快到月台去，指着那灯问站里的人。他们当中有一个人笑说："这妇人连方向也分不清楚了。她认启明星做车头的探灯哪。"我瞧真了，也不觉得笑起来，说："可不是！我的眼真是花了。"

我对着启明星，又想起阿噶利马的话。她曾告诉我那星是一个擅于迷惑男子的女人变的。我因此想起荫哥和我的感情本来很好，若不是受了番婆的迷惑，决不忍把他最爱的结发妻卖掉。我又想着自己被卖的不是不能全然归在荫哥身上。若是我情愿在唐山过苦日子，无心到新加坡去依赖他，也不会发生这事。我想来想去，反笑自己逃得太过唐突。我自问既然逃得出来，又何必去依赖哈那的姊姊呢？想到这里，仍把孩子抱回候车处，定神解决这问题。我带出来的东西和现银共值三千多卢比，若是在村庄里住，很可以够一辈子的开销，所以我就把独立生活的主意拿定了。

天上的诸星陆续收了它们的光，唯有启明仍在东方闪烁着。当我瞧着它的时候，好像有一种声音从它的光传出来，说："惜官，此后你别再以我为迷惑男子的女人。要知道凡光明的事物都不能迷惑人。在诸星之中，我最先出来，告诉你们黑暗快到了；我最后回去，为的是领你们紧接受着太阳的光亮；我是夜界最光明的星。你可以当我做你心里的殷勤的警醒者。"我朝着它，心花怒开，也形容不出我心里的感谢。此后我一见着它，就有一番特别的感触。

我向人打听客栈所在的地方，都说要到贞葛布德才有。于是我又搭车到那城去。我在客栈住不多的日子，就搬到自己的房子住去。

那房子是我把钻石鼻环兑出去所得的金钱买来的。地方不大，只有二间房和一个小园，四面种些露兜树当作围墙。印度式的房子虽然不好，但我爱它靠近村庄，也就顾不得它的外观和内容了。我雇了一个老婆子帮助料理家务，除养育孩子以外，还可以念些印度书籍。我在寂寞中和这孩子玩弄，才觉得孩子的可爱，比一切的更甚。

每到晚间，就有一种很庄重的歌声送到我耳里。我到园里一望，原来是从对门一个小家庭发出来。起先我也不知道他们唱来干什么，后来我才晓得他们是基督徒。那女主人以利沙伯不久也和我认识，我也常去赴他们的晚祷会。我在贞葛布德最先认识的朋友就算他们那一家。

以利沙伯是一个很可亲的女人，她劝我入学校念书，且应许给我照顾孩子。我想偷闲度日也是没有什么出息，所以在第二年她就介绍我到麻德拉斯一个妇女学校念书。每月回家一次瞧瞧我的孩子，她为我照顾得很好，不必我担忧。

我在校里没有分心的事，所以成绩甚佳。这六七年的工夫，不但学问长进，连从前所有的见地都改变了。我毕业后直到如今就在贞葛布德附近一个村里当教习。这就是我一生经历的大概。若要详细说来，虽用一年的工夫也说不尽。

现在我要到新加坡找我丈夫去，因为我要知道卖我的到底是谁。我很相信荫哥必不忍做这事，纵然是他出的主意，终有一天会悔悟过来。

惜官和我谈了足有两点多钟，她说得很慢，加之孩子时时搅扰她，所以没有把她在学校的生活对我详细地说。我因为她说得工夫太长，恐怕精神过于受累，也就不往下再问，我只对她说："你在那漂流的时节，能够自己找出这条活路，实在可敬。明天到新加坡的时候，若是要我帮助你去找荫哥，我很乐意为你去干。"她说："我哪里有什么聪明，这条路不过是冥冥中指导者替我开的。我在学校里所念的书，最感动我的是《天路历程》和《鲁滨孙漂流记》，这两部书给我许多安慰和模范。我现时简直是一个女鲁滨逊哪。你要帮我去找荫哥，我实在感激。因为新加坡我不大熟悉，明天总得求你和我……"说到这里，那孩子催着她进舱里去拿玩具给他。她就起来，一面续下去说："明天总得求你帮忙。"我起立对她行了一个敬礼，就坐下把方才的会话录在怀中日记里头。

　　过了二十四点钟，东南方微微露出几个山峰。满船的人都十分忙碌，惜官也顾着检点她的东西，没有出来。船入港的时候，她才携着孩子出来与我坐在一条长凳上头。她对我说："先生，想不到我会再和这个地方相见。岸上的椰树还是舞着它们的叶子；海面的白鸥还是飞来飞去向客人表示欢迎；我的愉快也和九年前初会它们那时一样。如箭的时光，转眼就过了那么多年，但我至终瞧不出从前所见的和现在所见的当中有什么分别。……呀！'光阴如箭'的话，不是指着箭飞得快说，乃是指着箭的本体说。光阴无论飞得多么快，在里头的事物还是没有什么改变，好像附在箭上的东西，箭虽是飞行着，它们却是一点不更改。……我今天所见的和从前所见的虽是一样，但愿荫哥的心肠不要像自然界的现象变更得那么慢；但愿他回心转意地接纳我。"我说："我向你表同情。听说这船要泊在丹让巴葛的码头，我想到时你先在船上候着，我上去打听一下再回来和你同去，这办法好不好呢？"她说："那么，就教你多多受累了。"

　　我上岸问了好几家都说不认得林荫乔这个人，那义和诚的招牌更是找不着。我非常着急，走了大半天觉得有一点累，就上一家广东茶居歇足，可巧在那里给我查出一点端倪。我问那茶居的掌柜。据他说：林荫乔因为把妻子卖给一个印度人，惹起本埠多数唐人的反对。那时有人说是他出主意卖的，有人说是番婆卖的，究竟不知道是谁做的事。但他的生意因此受莫大的影响，他瞧着在新加坡站不住，就把店门关起来，全家搬到别处去了。

我回来将所查出的情形告诉惜官，且劝她回唐山去。她说："我是永远不能去的，因为我带着这个棕色孩子，一到家，人必要耻笑我，况且我对于唐文一点也不会，回去岂不要饿死吗？我想在新加坡住几天，细细地访查他的下落。若是访不着时，仍旧回印度去。……唉，现在我已成为印度人了！"

我瞧她的情形，实在想不出什么话可以劝她回乡，只叹一声说："呀！你的命运实在苦！"她听了反笑着对我说："先生啊，人间一切的事情本来没有什么苦乐的分别：你造作时是苦，希望时是乐；临事时是苦，回想时是乐。我换一句话说：眼前所遇的都是困苦；过去、未来的回想和希望都是快乐。昨天我对你诉说自己境遇的时候，你听了觉得很苦，因为我把从前的情形陈说出来，罗列在你眼前，教你感得那是现在的事；若是我自己想起来，久别、被卖、逃亡等等事情都有快乐在内。所以你不必为我叹息，要把眼前的事情看开才好。……我只求你一样，你到唐山时，若是有便，就请到我村里通知我母亲一声。我母亲算来已有七十多岁，她住在鸿渐，我的唐山亲人只剩着她咧。她的门外有一棵很高的橄榄树。你打听良姆，人家就会告诉你。"

船离码头的时候，她还站在岸上挥着手送我。那种诚挚的表情，教我永远不能忘掉。我到家不上一月就上鸿渐去。那橄榄树下的破屋满被古藤封住，从门缝儿一望，隐约瞧见几座朽腐的木主搁在桌上，哪里还有一位良姆！